白夜

강우식 시인은 1941년 강원도 주문진 출생. 1966년《현대문학》지로 등단.
시집『사행시초』(1974),『사행시초・2』(2015),『마추픽추』(2014),『바이칼』
(2019). 성균관대학교 시학교수 정년.

리토피아포에지 · 101
白夜

인쇄 2020. 2. 25 발행 2020. 3. 1
지은이 강우식 펴낸이 정기옥
펴낸곳 리토피아
출판등록 2006. 6. 15. 제2006-12호
주소 22162 인천 미추홀구 경인로 77
전화 032-883-5356 전송 032-891-5356
홈페이지 www.litopia21.com 전자우편 litopia@hanmail.net

ISBN-978-89-6412-128-3 03810

값 10,000원

이 도서의 국립중앙도서관 출판예정도서목록(CIP)은 서지정보유통지원시스템 홈페이지(http://
seoji.nl.go.kr)와 국가자료종합목록 구축시스템(http://kolis-net.nl.go.kr)에서 이용하실 수 있습니
다. (CIP제어번호 : CIP2020007368)

강우식 80壽 세계여행시 시집

白夜

지은이로부터 · 1

流水人生 여든 줄에 들어
80이라 쓰니 눈사람이 되었다.

늙으면 어린애가 된다더니
다시 오지 않을 내 인생의 봄날이여.

눈 내리는 시베리아 벌 같은
뜬눈의 白夜다.

오로지 시만 쓰고 싶었던
백발로 하얗게 저문 겨울 나그네.

2020년 춘설이 난분분한 2월에

果山散人 강우식

지은이로부터 · 2

내가 태어나 살은 지구니
세상 곳곳 많이 다니며 보고파서
발품이나 팔며 다녔으나

다 뜬구름 잡는 빈 손이어서
평생 손발이 가볍구나.

게다가 마음도 텅 비어
가을 햇빛처럼 고요하니
仁者樂山 知者樂水.

그 산자락에서
한세상 살았으니 가진 거 없어도
늘 시가 있는 가슴이다.

2020년 20층 구름집에서

강老平 우식 80翁

서시

─길의 기억

괴테는 60줄에 『파우스트』를 쓰기 시작하여
80에 완성하였다는 말을 듣고서
내 나이 여든까지는 아직은 한 살쯤 밑이니

사는 날까지 마라톤선수는 아니지만
완보의 걸음이더라도
녹 슬기보다는 닳아 없어지자며
신발짝이 해지도록 세계를 쏘다녔다.

하늘길이건 바닷길이건 흙길이건
어디든 역마살이 끼인 듯이
자고 일어나면 문을 차고 나섰다.

방구석 앉은뱅이 신세로 사는 게
마치 온몸에 좀이 슬은 것 같아서
수류화개水流花開로 흐르듯 했다.

큰길이든 갓길이든 골목이든
살아온 인생이 그러하듯이
자기가 다녔던 길을 다 기억하는 사람이 있을까.

그래도 어느 한 순간에는 어떻게 살아왔는지
스스로 지나온 길을 돌아 볼 때가 있는데

언젠가 새로운 하늘 길을 가다
내 살던 지상의 길을 내려다보니
얼기설기 나뭇가지처럼 뻗어 있는 그 끝에
집들이 열매처럼 달려 있었다.

바나나 같은 집, 망고, 두리안 같은 집,
파파야 열매 같은 집, 씀바귀 같은 집,
사과, 배, 복숭아, 대추, 밤 같은 집들도 있었다.

집들이 쓴물, 단물, 눈물, 콧물까지 다 들어 있는
열매라는 느낌이 내게 왔다.
길에 끝이 없다고 절망치 마라 머물면 길 끝이다.
내가 길을 찾아 떠나는 곳에는
언제나 길의 끝을 안다는 듯 집이 자리 잡고 있었다.

차례

2부 북해항로

1부 사마르칸트의 고려여자

장강삼협을 지나며

어느 곳인들 차이가 없겠느냐마는
사람마저도 인산인해로 차이가 나는
차이나의 장강삼협은 강의 만리장성이다.

내가 장강의 물줄기를 타는 것은
무엇을 이루고자 하는 마음보다는
흐르는 대로 되는 대로
물의 자연을 따르고 싶어서다.

이 강의 어디쯤에
오뉴월이면 흰 꽃을 다는 산사나무가
붉은 꽃을 피웠다는 기적 같은
지금은 물속에 잠긴 산사나무 사랑이 있어서다.

양자강 물길처럼
어쩌다 실핏줄 같은 인연이 이어져서
흰 꽃도 사랑하는 사람의 피가 스며들어 붉게 피는
산사나무 아래서 이룬 사랑.

장강은 한때는 모택동 사상 때문에

수많은 지식인 청춘남녀들이 흐르고 흘러
도시에서 산골 오지까지 역류되어 온 곳.

기약 없는 내일을 믿으며
사람과 사람끼리 만나 사랑을 틔우고
그 사랑이 모택동 어록보다
더 큰 혁명이기를 바라며 이루지 못할 사랑을
깊은 산골처럼 숨어 했던 곳.

사랑이 이 세상에 왜 있는가 하면
아무리 잊으려 하고 나를 바꾸고 버려도 변하지 않는
당신을 만나 행복했던 그런 진실이 있기 때문이리.

내 나이 여든, 늙은이 가슴에도 사랑은 있어
깊디깊은 물결 속에서도 아직 살아있는 산사나무
그 사랑의 파동을 찾고파서
오늘도 나는 장강하고도 삼협의 협곡을 돈다.

대마도에서

부산에서 배로 시간 반 거리
조선통신사가 거쳐 간 섬이라 하지만
그보다는 우리 땅, 우리 섬이었다.

관광객이라고는 우리나라 사람뿐이고
그나마 경상도 사투리의 사람만 득시글득시글
문전성시를 이루고 있었다.

어디 일제에 빼앗긴 것이 한둘이랴마는
대마도를 보고 떠나는 날
하늘에서는 덕혜옹주의 눈물 같은 비가 뿌렸다.

수평선도 아리랑 가락으로 은근히 차오르다
마침내 성난 파도로 부서졌다.
아 온몸이 장렬히 산산이 부서졌다.

바다나 땅이 뭐가 다르랴.
결코 낭만적 애국심에 기울지 않은
파도도 성난 의병의 함성처럼 물결을 이루었다.

대마도는 불문곡직 우리 땅이다.

비오는 오키나와

콩 볶듯 튀다 빗발치는 총알 같은
오키나와 나하의 들녘에 핀 야생화처럼
내리는 비에 속수무책으로 내가 젖는다.

지푸라기 같은 목숨이었다.
스무 살 나이가 억울해 죽지 못했던 명줄이
태평양 푸른 물결이 되었다. 원혼이다.

흰 백의의 옷자락처럼 일렁이는 물결이다.
아니 떼로 모여 흰 이빨을 아득바득 가는 소리다.
마지막으로 불러보는 어머니라는 소리도 들린다.

아비규환이다. 학도병으로 끌려온
조선인 시체로 뒤덮인 너른 바다다.
뭐가 태평이냐. 이름값도 못하는 태평양이다.
봉분 하나 없는 바다다.

정글의 숲에서도 시신 섞는 냄새가 났다.
비가 생살의 비린내를 풍겼다.
섞은 생선 도막처럼 버려졌다.

누구 하나 기억하는 이 없는 역사의 마당에서
객수에 젖은 나그네 하나
오키나와 섬 전체를 적시는 이 억수비가
왜 비가 아닌 눈물천지인지 알고 싶을 뿐이다.

테를지의 별

다시는 어디를 가더라도
별을 노래하지 않으리.
별이 박힌다. 가슴에 못처럼 박힌다.
못을 칠 때마다 꽃이 핀다.
가슴은 아픈데 불꽃이 인다.
미련未練 때문에 한 곳에
오래 매이여 머무는 일은 미련하다.
울란바토르 분지에서 벗어나자
세상이 달라졌다.
별이 무더기로 쏟아지는 세상이 있다니.
몽골 대평원을 내닫는 수천만만의 군마들이
하늘 평원을 휩쓰는 거 같은 장관이다.
가슴에 점자처럼 찍히는 말발굽이다.
난생 처음 보는 별들로 달라진 세상
19세기 스타일로
멀리 떨어진 아내와 함께 보고 싶었다.
구태의연함이 너무 당연해지는 것은
이 무슨 심사인가.
사랑의 끈은 구닥다리일수록 더 끈질기다.
그 끈질김을 별빛처럼 배운다.

울란우데

러시아 국경을 넘자 골격 큰 유목민들 같은 이름의 도시 울란우데가 나타났다. 아마 역전의 광장에 있는 세계에서 제일 커 보이는 레닌의 두상頭上 때문이었을 것이다. 저만큼 큰 머리라면 러시아혁명도 무작스럽게 하고 세계도 삽질 한 번으로 뒤집어엎었으리라. 그 새벽의 조각상 앞에는 우상偶像의 춤이라 해야 하나 믿기 어려울 정도로 일군의 사람들이 춤을 추고 있었다. 혁명의 피가 아직도 깃발처럼 펄럭이는 물결이다. 칭기즈칸은 말발굽 아래 혁명을 매달지 않았지만 아직도 유목민의 피가 흐르는 저들은 초원을 달려 세계를 휩쓸던 황사바람을 못 잊나보다. 마치 혁명의 꿈에서 깨어나기 싫은 세월을 품고 사는 것 같다. 어쩌면 순진하고 어리숭해 보이는 사람이 꿈꾸는 대로 될 수도 있다. 인간은 룰을 만들기 좋아해서 전쟁도 현대전이 아닌 옛날식으로 하자고 정하면 말이다.

에비앙

수질이 나쁜 나라가 가장 좋은 물의 원조처럼 생수하면 병도 작으면서도 세계적으로 가장 비싼 물로 보통은 에비앙을 손꼽는다. 누군들 물먹어본 사람이 없으랴마는 에비앙으로 생각지도 않은 물벼락 맞은 얘기다. 일상 35,6도 오르내리는 양곤에서였다. 호텔방에 들기 전 여행 정보원이 냉장고 안의 물은 돈 주고 사먹는 물이고요 밖의 물은 공짜라고 충분히 설명했다. 그런데 귓등으로 들은 아주머니 한 분이 냉장고 안의 시원한 에비앙도 공짜거니 얼씨구나 하고 마셨다. 3박 4일 동안 냉장고가 비면 알아서 채우는 1병에 4달러씩이나 하는 에비앙을 마셨다. 체크아웃 날이 왔다. 무심히 카운터에 간 남편 12달러의 요금계산서를 받았다. 에비앙 물 값이란다. 귀신이 먹고 갔나 당황한 남편 마누라를 불렀다. 공짜인 줄 알고 마셨단다. 열이 머리끝까지 오른 남편 대한민국 싸나히의 본색이 터졌다. 로비가 떠날 갈 듯이 "이 여편네야 미쳐도 곱게 미치지 금값보다 더 비싼 물을 먹어" 고함을 냅다 질렀다. 또 다른 한 여행객도 똑같은 일이 호텔방에서 거짓말 없이 벌어졌다. 체크아웃 하려던 남편은 아내를 불러 자초지종을 듣고는 "당신은 귀한 사람이니깐 잘했다."라 했다. '아'가 다르고 '어'가 달랐다. 에비 에비 하는 데도 멋모르고 물먹은 여편네는 욕바가지 처먹은 것보다 자기를 여행 나와서 길바닥에 버려진 껌딱지보다 못하게 취급한 남편이 더 원망스러워 그만 호랑이가 왔다고 에비해도 내몰라라 앙, 서럽게 에비 앙 울어버리고 다른 집 마누라도

에비앙 에비앙 울긴 울었는데 그 울음의 농도가 에비 앙과 에비앙으
로 갈렸다.

스트로베리 가든 홈스테이
―호이안에서

　택시 한 대가 겨우 지나갈 골목에 자리한 집이었다. 입구에서 흰 개가 주인보다 먼저 꼬리를 흔들었다. 개가 사람 몫을 했다. 흰 털을 쓰다듬으니 푹신한 감촉이 주인의 성품을 짐작케 했다. 이 집에는 저녁 무렵이면 어디서 왔는지 여남은 명의 아이들이 숨바꼭질을 하였다. 그 아이들은 나무그늘이나 꽃그늘이 좋아서 모인 것 같았다. 홈스테이도 이 집 주인이 손수 가꾼 꽃이나 나무들의 정원을 보여주기 위해서란다. 여주인은 남국의 여자답지 않게 좀 숫기가 있는 조용한 성품이었다. 그 성격도 나무를 가꾸어서 이루어진 거로 미루어 짐작되었다. 볼 때마다 눈이 마주치면 웃는데 공연히 늙은 가슴이 잠자던 눈을 뜨고 설레며 은근히 연정을 품게 만들었다. 어쩜 저 여자도 나처럼 이국의 남자에게 설레는 가슴을 가지려고 홈스테이를 열었는지 몰라. 사건은 없었다. 없는 것이 사건이었다. 아, 새벽마다 장닭이 길게 목청을 뽑는 소리에 눈을 떴다. 시계를 보니 5시 44분경이었다. 내 어릴 때 양친도 저 소리에 기침하였으리라 여기니 새삼 눈시울이 젖었다. 장닭 소리도 참 오랜만이지만 사흘 내내 집이 아니라 숲속에서 잠자고 눈뜨며 쉬다 온 것 같았다. 내 말년 팔자에 시보다는 아름다운 산문 한 편을 만들고 싶은 이런 서사의 행복도 있었다.

스리랑카

정말 스리랑 카car로 10박 11일을 다녔다. 입국해 2박을 한 니곰보 콘도에서는 게걸음이나 해볼 심산으로 수산시장에 들러 큰 게 한 마리를 사다 삶아 먹었다. 다음은 새벽부터 버스를 세 번씩이나 갈아타고 이국종 강아지가 간 곳은 바위요새 시기리아. 1박을 한 민박집 숙박부 투숙자 명단에 두 달 사이 한국인이 나를 포함하여 3명이었다. 새벽 잠결에 듣는 스콜이 복잡한 내 머리를 말끔히 청소한 날 아침. 시기리아 록 정상까지 난생 처음 20달러의 헬퍼 도움 받아 올랐다. 다음날 콜롬보까지 직행버스로 장거리 여행. 목적지 거의 다 와서야 운전사도 차장도 승객도 저들끼리의 알고 하차한 휴게소가 있었다. 오줌아 나 살려라. 쌀 뻔했다. 콜롬보 3박 일정은 열대나라답게 100루피(8백원)에 3개씩 하는 망고를 사다 매일 먹은 일 뿐. 콜롬보 떠나 탄 스리랑 트레인 1등석. 맨 꽁무니 열차자리라 롤링피칭 있는 춤은 다 추는 좌석. 저들의 관광지도 파라다이스 아일랜드가 실감났다. 드디어 도착한 갈레. 인도양의 일몰도 장관이지만 나그네에겐 우선은 안온하고 편안한 잠자리. 간판도 제대로 되어 있지 않아도 신혼이 와서 묵어도 좋을 숙소 3박. 마지막 귀국길에 1박한 베루왈라는 조그만 포구. 하도 구경거리 하나 없어서 궁리 끝에 이발소에 내 머리를 맡겼더니 중머리로 만들어 놨다. 하하 내 꼴 좀 보소. 사주에 중 팔자도 있었나. 내가 나를 보고 얼마 만에 웃는 웃음이냐. 됐다. 그래서 나에게 여행은 늘 스리랑 그냥 넘어가는 스리랑 카다.

성聖 앤스Anns 성당의 종소리

니곰보* 교외 성 앤스 성당의 새벽 종소리는 멀리 가는 종소리가 아니라 앉은뱅이 걸음새였다. 이 종소리가 울리면 까마귀들이 받아서 울고 다음에는 열대우림의 이름 모를 새들이 깨어서 화음의 오케스트라로 흐르면 마지막으로 세계 어디서나 동네 수탉이 길게 목을 뽑았다. 사람들은 그저 듣기만 하는 것 같았다. 그 종소리는 그저 듣기만 해도 된다는 하느님의 말씀이자 고지사항이었다. 멀리 가기보다는 가까운 이웃부터 살피겠다는 성인의 목소리였다.

* 니곰보 : 스리랑카의 도시.

인도양의 눈물

눈물은 콜롬보에서 기차를 타고 유장한 해안선을 따라 맑고 푸르른 남쪽 갈레라는 아름다운 항구 도시로 내려가는 외로움의 외로움을 거든히 감당하는 고독이다. 또 세상 살며 잊으려 해도 결코 다 잊을 수 없는 여든 가까운 나이에 한 열흘간 주야장창 모든 것을 다 잊고, 고독 속에서 내 몸속의 고독을 스스로 파먹는 벌레가 되어 눈물을 뜨거운 햇살로 증발시킬 수 있는 휴식이고 평화다. 이내 가슴속 천만 가지 시름을 실론티의 뜨거운 홍차를 마시듯 이열치열하듯이 물을 물로써 녹여내는 그런 것이다. 아니 그보다는 차라리 눈물은 하나의 커다란 바위다. 300여 미터 높이의 깎아지른 바위요새 속에 화려한 궁전과 수영장과 정원과 삼천 궁녀 같은 미녀들도 다 있는 시기리아*의 꽝꽝한 역사다. 눈물은 왕권회복을 위해 참고 참아온 어금니 같은 바위다. 이제 그 모든 희로애락이 다 들어있는 만국공통의 군고군은 국제적 바위가 녹아 아리랑 스리랑, 눈물이 된다. 스리랑카다. 인도양의 눈물이 된 스리랑카에 어느새 아리랑 나그네인 내가 있다.

* 시기리아 바위 요새 : 5세기경 스리랑카 카시야파 1세가 세운 바위 왕궁.

27

연인들의 공원[*]

생선비늘이 피 튀듯 비린내로 절고 절은 수산시장을 지나 고래도 올라와 걸을 것 같은 마린워크 한 옆 야자수 숲의 작은 공원에는 연인들의 우산으로 꽃피어 있었다.

사랑은 쓰레기, 산더미로 쌓인 쓰레기 앞 벤치에서의 사랑은 어떤 악취도 이기는 서로서로 혀를 빨 듯한 달콤함이 있다. 그들이 벗기는 사랑의 껍질들이 쓰레기가 되고 쓰레기 속에서 다시 밀착된 사랑이 녹고 있다.

인도양의 바다 물결도, 저들이 벌린 가랑이 사이로 밀고 올라와 가슴까지 채우며 버려진 쓰레기도, 방출하는 밤꽃냄새도 모두가 물결의 꺼풀인 사랑의 쓰레기임을 알고 있었다. 벗기며 먹은 사랑은 먹어도 먹은 줄 모르겠고 결국 껍질만 남고 끝남을 알고 있었다.

신기하기만 한, 스콜도 퍼붓지 않은 날 펼쳐진 우산 속에 폭 파묻힌 꽃들이여. 벗기고 벗겨서 궁둥이를 들며 웅하는 사랑은 캔디만이 아니다. 쓰레기다. 우리들 인생에서 한 번쯤은 사랑의 언약을 쓰레기 더미 앞에서도 할 수 있어야 하는 쓰레기다.

[*] 연인들의 공원 : 스리랑카 남쪽 유네스코 지정 해안도시 갈레포트로 가는 길의 무명 공원. 연인들의 공원은 필자가 지은 이름임.

심심한 정년

수심 1만 미터의 낭떠러지 같이
아찔하게 질리는 심심함을
아시는지요.
허공 1만 미터에서 공중 잡이 하는
아찔한 클라이맥스도 없이
그냥 펑퍼짐하게 주저앉아
정년이라고 하루 놀고 하루 쉬는
바다의 표면처럼 무미한
일상을 고스란히 그대로 가지고
사이판에 여행을 갔다.
7박8일 동안 하는 일 없이
하루는 바다만 바라보고
바다를 바라보다 가슴이 풀린 건지
무너진 건지 무료해지면
또 하루는 바다를 닮은 하늘만 바라보고
나머지 날들은 바다도 하늘도
볼 것이 없어서
그만 눈만 멀뚱히 뜨고 있었다.
한가히 노니는 것도
일이 있어야 됨을 알았다.

일 없는 자에겐
하루 놀고 하루 쉬는 것도 모자라서
더 쉬는 심심함은 형벌이다.
낙원도 낙원이 아니다.
쉬는 것에 아주 질려서 돌아온
마리아나 해구의 깊이 같은
1만 미터의
심심함을 아시는지요.

마리아나 해구

바다도 하늘색 따라 변함을 마리아나 해구에 와 실감한다. 세계에서 제일 깊은 바다가 있는 해구 위로 세계에서 제일 아름다운 무지개가 떴다. 무지개다리 위로 나는 자전거를 타고 어머니를 뵈러 간다. 저 바다에는 어머니가 계시다. 수심 1만 미터의 심연도 겁나지 않다. 어머니가 계신데 세상에 무엇이 겁나랴. 바다인데 바다라는 생각이 들지 않는다. 해저 1만 미터의 압축된 고요. 정밀한 고요. 그저 꿈만 같다. 그 해표면 위에 나는 평소에 어머니처럼 간직했던 은가락지를 떨어뜨렸다. 은가락지 속에 바다로 침잠하는 어머니의 모습이 보였다. 1만 미터 아래로 무심히 가라앉는 은가락지에 1만 미터의 물의 두께들, 층층겹겹 쌓인다. 이 깊은 물의 밑바닥은 내 마음속 가장 깊은 곳과 같은 곳이다. 어머니는 그 깊이에서 은가락지로 빛날 것이다. 아무도 범접할 수 없다. 어머니는, 살아생전에도 늘 그래왔듯이 죽어서도 아들이 좋다면 이 까마득한 남태평양 한바다에 가라앉아 다른 한 생을 외로워도 견딜 것이다. 어머니는 이제 아무나 만날 수 없는 바다의 천상천하 유아독존이다. 나만의, 나만의 어머니다. 1만 미터의 고요와 정밀 속에 일렁이는 순수다. 바다다. 마리아나 해구는 무지개가 서야만 내가 꿈의 자전거를 타고 어머니를 뵈러 가는 1만 미터의 깊이다.

사이판

식민지 백성으로
억울하게 징집되어 왔어도
사역 후의 잠시 한때는
야자수 그늘에 앉아 등을 말리며
저 산호 빛 바다 앞에서는
간을 떼 줘도 좋을 것 같다는
생각도 했겠다.
고향에 두고 온 여자와
언젠가는 예 와서 터 잡고
신접살림 꾸릴 꿈도 꿨겠다.
그런데 스무 살 아까운 나이에

낙원 같은 이 섬에서
낙원 같은 이 섬에서

새 파랗디 새파란 꽃다운 목숨
한 줌의 재로 날려 보냈다.
아무리
30년대식 청춘이고 지지리 팔자라지만
누구 하나 울어줄 사람 없이

이역만리에서 너무나도 억울하게
고스란히 지고 말았다.

정말이지 이런 죽음 없도다.
이런 죽음 없도다.

현시도 이 바다는 그게 기막혀
떠난 이들의 싯퍼런 원혼이 서려있는
이 바다는 어떤 날에는
가슴을 쾅쾅 치며 발광하거나
흰 이를 드러내며
백치처럼 웃고 있었다.

이스탄불

아직도 오리엔탈 특급열차의 옛 향수에 젖어있는 보스포러스 해협이다. 바자아르 초입 찻집茶館에서 사과차를 한 잔 시켜놓고 한가롭게 물 담배 피우는 노인들을 구경하다 이국의 풍물에 끌려들어선 골목에서 그만 길을 잃고 말았다. 미로와 같은 골목길은 개처럼 헤맬수록 더욱 수렁 속이었다. 더럭 겁이 났다. 구경보다는 길 찾기에 골몰하다 기진맥진 쳐다본 터키석 하늘엔 블루모스크의 첨탑이 등대처럼 보였다. 나는 어느새 미로를 헤매다 이 땅의 풍물에 젖고 배여서 투르크인이 된 듯했다.

어둠의 중량이 토카프 궁전을 채우고 넘쳐 보스포러스 해협의 물결을 스칠 무렵 카페에 들러 키신저 전 국무총리가 안경알을 빛내며 보던 배꼽춤을 관람했다. 댄서의 궁둥이는 대륙을 압도했다. 한 쪽은 유럽파, 한 쪽은 오리엔탈. 두 궁둥짝이 주는 혼돈 속에 나는 결코 저들의 춤에 동조하지 못하는 이방인임을 실감했다.

실크로드의 여수旅愁가 어려 있는 인종전시장 같은 여인숙. 숙소에는 먼 길을 돌아온 동양의 한 사내가 이국의 계집을 품었는지 밤새 살 태우는 냄새가 스며들었다. 정말 좋긴 좋은데, 뭐라 할 수는 없고, 어떻게 설명할 방법이 없네. 어머니가 물려주신 은장도 생각이 간절했다. 이스탄불이여. 제발 잠 좀 자자. 잠도 없니.

페테르부르크의 백야

여름궁전 분수의 화려한 물줄기도 끊어졌다.
우리들의 젊은 날에만 볼 수 있었던 밤하늘이었던
도스토옙스키의 '백야'는 없다.
수많은 종교문답은 있었으나 무엇 하나 구원은 없고
죄 아닌 것이 죄가 되는
까라마조프의 형제들 같이 이해할 수 없는 백야다.
먹장 신비 속의 별들도 다 사라진 페테르부르크의 백야다.
푸시킨은 바람난 아내 때문에 결투를 신청하고
격정의 생을 마감하였다. 어리석도다.
삶이 그대를 속였구나. 슬프구나.
강 하구의 골목에는 결투를 신청할 필요도 없는
밤의 꽃들도 더러 눈에 띠나
나는 사랑할 수가 없다.
낮과 밤의 경계도 없는 미망인데
사랑에 무슨 만남과 이별인들 있겠는가.
러시아여, 러시아여, 러시아워처럼 분주한 러시아여!
나는 망명한 백계 러시아의 여자처럼
눈 덮인 고향의 벌판을 못 잊어
이국의 어둡고 침침한 복도에 달린
백열등 알전구의 얇은 유리를 손톱으로 으깨며

뼈가 저리도록 흰 눈길을 걷듯 뽀드득 뽀드득
향수를 달래던 소리를 듣고 싶구나.
고향을 떠난 망국의 백성들은 그저 허무를 안고
눈동자가 없이 희부옇게 눈을 뜨는 밤이다.
혁명은 이 도시에 와 화려함을 맛 본
톨스토이나 레닌에게서 싹텄다.
페테르부르크처럼 화려한 혁명은 없다.
혁명 때문에 망한 사람도 있고
깃발처럼 펄럭이는 사람도 있다.
혁명은 낮인가 밤인가.
혁명은 곧장 선동을 앞세우지만 음모의 밤이다.
밀약과 같은 음모가 없이
어찌 선동선전이 이루어지겠는가.
나는 이런 날에는 어쩔 수 없이
에미르타쥬 겨울궁전에 가서
역대 러시아 황제들의 초상화를 본다.
잘 다듬은 콧수염의 사내들과
한결같이 풍만한 가슴의 황비들을 본다.
그 속에는 남편을 죽이고 여제가 되어
스물두 명인가 세 명의 남자를 품에 안은

에까제리나 여제도 있다. 슬프지만
어머니의 품에 안길 수 없는 나는
남자를 에까제리나보다 더 잘 아는 창녀의 품에 안기리라.
러시아여, 러시아여, 마야코프스키만이 혁명아이더냐.
혁명 때문에 풍찬노숙, 무의도식의 신세로 전락해
정든 고향마저도 얼굴 들고 갈 수 없는 실패한 청년도 있고
이사도라 던컨과 살다 자살한 에세닌은
모스크바의 목로주점에서 노래한 열혈 시인이었다.
백야의 밤일수록 오로라를 꿈꾸는 사람들은
오로라의 꿈에 젖은 창녀들처럼
혁명은 헐레발을 베개로 삼고 자더라도
페테르부르크 항구에서 꽃을 피우리라.
하지만 밤은 밤답게 오지 않았고
새벽은 밝지 않았다.
새벽은 알에서 깨어나듯 밝지 않았다.
죄 없이 돌아서는 사람 누가 있으랴.
지우고 문질러도 남는 죄 같은 백야만이 있구나.
이해할 수 없는 백야와 같이
이해할 수 없는 아름다움으로 세워진
페테르부르크다. 봄이 와 꽃 피듯이

아름다움은 때로는 한 치의 오차도 없는
무자비한 노동의 착취에서부터 오고
혁명은 그 판을 뒤집는 실패한 성공의 어머니
어김없이 찾아오는 백야와 같다.
미망의 깨우침이다. 깨우침의 미망이다.
손바닥 뒤집듯 하는 거와 판의 면들은 같다.
늪지는 늪지대로 그냥 두는 것이 낫다.

저편 어디에는 아직도 뒤척이며,
잠들지 못하는 사람들의 뜬눈의 괴로움이
오늘도 잠들지 못하는 정교회 예수와 같이 있도다.

모스크바의 비

배꼽 블루진에
해파리 같이 물컹거리는
젖통.

북극의
푸른 바다를 닮은 듯한
눈동자.

모스크바의 여자들은
동토의 대지를 적시는
비와 같다.

간밤에 누굴 만나서
실룩거리는 궁둥이로
골목이 지리게 오줌을 누셨나.

건조한 풀더미 같던
마음이 온통 뭉개진다.
진흙이다. 진창이다.

좌인지 우인지
어디를 가나 혼란스럽다.
도스토예프스키의 구루미한 하늘
강변의 자작나무들만 밝다.

저 자작나무의 뼈를 믿고
투르게네프의 첫사랑처럼 몸을 섞고파
비를 맞으며 볼가로 간다.

저 강에는 스텐카 라진의
민중을 위해 사랑을 던져버린
그 쓰라린 물결이 아직도 잔잔하다.

꽃밭

우즈베키스탄 히바로 가는 길 옆 대평원에 펼쳐진 해바라기 꽃밭을 보았다. 최루탄이 난무하고 작대기나 마구 휘두르는 데모나 촛불 들고 구호를 외치는 혁명(모든 성공한 혁명들은 청사에 길이 남을 것처럼 왜 그리 자랑할까)이 아닌 무슨 민중 집회로 보였다. 떳떳이 얼굴을 들고 하는 침묵시위. 그래서 꽃들은 낱낱이어도 무더기 집회여도 아름다운가 보다.

사마르칸트의 고려여자

아, 여기가 어디냐.
하바롭스크로, 해삼위로, 이르쿠츠크로
바이칼 물줄기처럼 흘러 흘러들어 온
사마르칸트의 고려여자야.
사는 것도 인생도 다 풍비박산 난 사막이더냐.
사막밖에 보이는 것이 없던 하늘이더냐.
유민流民에서 유민으로 흘러야 했던 조국도,
불령선인不逞鮮人도, 강제이주 당하면서
밥 먹여 줄 천국 같던 이데올로기도 다 잊고 버렸는데
그래도 조선 어머니로서의 자궁은 살아있어
그래도 조선 어머니로서의 자궁은 살아있어
그 남편의 자식에 자식을 낳아 대를 이으며
바람이 불어도 꺾이지 않는 갈대처럼 살아온 카레스키야.
이제 누가 불러도 이 땅을 괴나리봇짐으로 뜨겠느냐.
산 덩어리 같은 설움도 다 삭이며
빵을 구우며 살았는데 꿈에도 못 잊을 조국이라 한들
다시 한을 지고 갈 땅인들 있겠느냐.
풍찬노숙 때문인지 조상님의 땅은 경상도 어디라는데
아직 잊지 않고 있는 것만으로도 눈물 나는
억센 억양의 함경도식 모국어를 서툴게 쓰는 여자야

나는 바자아르 한 쪽에서 옛 조선 여인 모습 고대로를 본다.
광대뼈에 둥근 얼굴로 김치 장사를 하며
그래도 반가운 핏줄이라고 맛보라며 주는
김치 한 쪽을 입으로 받으며 어머니를 떠올린다.
그 김치에 우리들 조선의 역사가 있기 때문이다.
사마르칸트의 고려여자가
꿈에나 그려 볼 고향산천을 가본 듯 그리는 것은
황토 흙냄새가 깃든 유전자가 있어서다.
이것이 나도 모르게 그녀가 주는
날김치 한 쪽을 입으로 받은 사연과 뭐가 다르랴.
옛날 간 날 만주벌이 발해고 우리 땅이었듯이
조상들이 살며 피땀으로 일군 이 흙도
언젠가는 우리 땅이 될 수도 있지 않으랴.
그런 꿈이 있는 바로 여기가 내가 서 있는
우즈베키스탄이고 사마르칸트다.
무슨 철학자인 칸트라는 이성적인 이름보다
감성이 천천만만 배 앞서는 사마르칸트고
그 모진 풍화에도 낯색 하나 변하지 않은 카레스키다.
호랑이한테 물려가더라도 꿈을 잃지 말아라.

유적지 원형극장에서

지난 세월의 잔해로 남아 무너져 아름다운 폐허는
해바라기 하는 원로시인 같은 유적지다.
늙은 창녀의 허리통 같은 기둥들,
문이 없는, 문은 허공 속에서 그려봐야 하는
그 아래 문간입구 돌에 새겨진
미성년자 출입금지를 가늠하는 신발치수들,
예전에도 출입불가 유곽들이 있었나 보다.
수세식 화장실의 기원이 되었을
일렬로 늘어선 변기들,
그리고 아직도 벽의 흔적을 남기기 위해 붙어있는
이를 악문 벽돌들의 악착스런 아름다움들,
사람들이 다 살아가기 위해 만든 자취이지만
사람은 다 썰물 지듯 세월 저편인데
저것들은 폐허가 되어서 오히려 더 아름답다.
하지만 유적지가 연출하는 것은
처연한 아름다움만이 아니다.
침묵하는 기둥들, 침묵하면서 듣는 기둥들,
침묵하면서 살아남는 기둥들,
받치고 있는 것은 하늘뿐인 기둥들,
그 텅텅 빈 하늘에서 한 마리 새가

음악처럼 흘러와 앉는다. 그 새가 오듯이
나는 멀리 이오니아 바다가 보이는
원형극장 빈 폐허에 앉아 바닷물을 끌어들인다.
그 밑바닥에 다시 조개들이 살아 숨쉬고
조개 속에서 신화처럼 한물간 비극배우 같은
비너스가 탄생하는 환희여.
첨탑이 있는 아랫마을과 골목길마다 넘치는
따듯한 미소의 햇살과 그 아래 구리빛 살결로
한 잔의 포도주를 마시며 꿈꾸는 자의 자유여.
이오니아 연안의 모든 사람들의 삶이 그러하듯이
한 그루 올리브 나무의 열매처럼
기름진 내일을 위해
바다의 장중한 오케스트라 리듬에 맞춰
고전적인 스텝으로 비너스의 손을 잡고 춤추고 싶구나.
무너지고 무너진 쓸쓸한 아름다움.
밀려나고 밀려난 이곳에서 쓸모없는 아름다움을
쓸모 있는 아름다움으로 만든
사람이 더 아름다움을 보고 느낀다.

사람 사는 아름다움을 만들기 위해 폐허의 유적지에서

음악회가 열리고 연인들은 손의 손잡고 와
어느 날 그들의 미래가 폐허가 되었을 때도
자연으로 허물어져 아름다운
지금 이 자리처럼 이오니아 되기를 꿈꾼다.

스코페에서

성녀 마더 테레사의 고향이 이곳이라니
여행은 때로는 아무런 정보도 없이
맨몸으로 부딪는 것이 더 박수칠 때가 있듯이
알렉산더 이름 하나로도 궁금했던 도시
마케도니아 스코페 거리에서
신구 도시를 잇는 돌다리의
거대한 사자상을 가리키며
여행 정보원이 몇 살쯤 될 것 같으냐고 물었다.
천 오백 년, 천 년, 오백…
너무나 문명화된 도시를 거닐면서도
알렉산더 대왕의 그늘이 머릿속에 박혀 있어선지
사자를 두고 코끼리 발만지기 식 중구난방이었다.
유적지라는 고정관념이
모두들 골동품 사자 취급을 했다.
실은 겨우 두 달된 사자였다.
조금은 계면쩍어진 일행 중 누가 웃으며
2개월 된 사자치고는 너무 크네.

압권

1.

곁에만 가도 비릿한 바다를 하나씩 달고 다니는 한 열댓 명의 아주머니들이 우리나라의 바다를 다 쓸어 담고 인천국제공항 대합실에 왔다. 이딸리인가 제 딸네인가 딸 보러 가는 아주머니들처럼 와서는 비행기가 뜰 동안 이른 새벽부터 시끌벅적 소주병 뚜껑을 허이연 이빨로 까며 야단 난 파도가 되어 출렁대고 있었다. 그 파도는 대한민국을 대표하는 무슨 시장의 젓갈장사 하는 아주머니들이 일으킨 법석 난 파도였다. 우리도 동남아보다 좀 더 멀리 나가보자고 한 달 두 달 곗돈 모아서 나가긴 나가는 파도긴 파돈데 모처럼 가는 파도여서인지 아주머니들 앞머리는 누가 누군지 모를 정도로 일렬횡대로 똑같이 말아 올려서 마치 쌍둥이 같았다. 거기다 무슨 붉은 악마라고 새빨간 T에 마치 곡마단의 피에로처럼 촌티 더럭더럭 나는 헐렁한 통바지 차림새였다. 어쨌든 시간이 되자 비행기는 바다 건너 산을 넘어 하늘 멀리 영 떠날 것 같지 않은 아주머니들의 파도를 몽땅 싣고 가긴 갔다. 이딸리 뭐라노인가 밀라노인가 국제공항에 도착했다. 그런데 딸이 마중 나오지 않아서인지 쪽박이 새는 문제가 아니라 보따리가 터지는 사단이 벌어지고 말았다. 애지중지 싸들고 온 팔도 젓갈이 비행기 수화물간에서부터 질질 오줌을 싸더니만 밀라노 국제공항 짐 찾는 데서는 그만 그 파도가 대성통곡하며 철퍼덕 설사를 하고 말았다. 이 일을 어쩌노? 새 비행기를 하나 사 변상할 주제도, 공항 수

48

하물 벨트를 개비할 처지도 못되고 짐을 실은 벨트는 돌고 도는데 젓 갈냄새가 얼마나 지독한지는 누구보다 박사인 아줌씨들 서로 늬 젓이 터졌다, 아니 어디 늬 젖이 터졌다, 어느 좇이 터졌는가 보자 캐싸며 한바탕 코 싸매 쥐고 삼십육계 줄행랑칠 파도를 일으키고 있었다. 개중에는 천우신조로 내 좇이 아직도 안 터져서 먹을 만하여 은근히 좋아하는 아줌마도 있었다.

2.

이번에는 대체로 기가 죽은 골칫거리 아줌마들을 쓸어 태운 이딸리 버스기사 아저씨가 여행지 나폴리인가 베니스인가로 어깨도 당당히 세우고 의기양양 떠나기 시작했다. 뭐가 그리 좋은지 하긴 동양의 신비로운 젓갈냄새를 아니 살갖 냄새를 실컷 맡을 수 있어서 좋긴 좋겠지. 목청 높이 이딸리 노래 오 솔레미오 어쩌구 저쩌구 나폴리라네 신나게 틀기 시작했다. 그런데 한참을 점잖게 듣던 아주머니들 수런수런 작은 물결을 일으키며 소란스럽더니만 그중 한 아주머니가 핸드백에서 슬그머니 테이프를 하나 꺼내서는 기사에게 주었다. 기사양반 그 테이프를 무심코 넣는 순간 기겁하고 말았다. 생전 처음 들어보는 쿵자라 찌지고 볶고 쿵짜라 짜아작 찌익 찌익 생야단 나는 것은 둘째고 간혹 가다 휘파람에 괴성까지 질러대며 흥흥거리는 가락이었다. 무슨 이런 도깨비 같은 노래가 다 있노? 정말이지 생전 듣도

보도 못한 이 노랫가락은 한동안 고속도로를 주름잡던 테이프 이박사였다. 노래가 나오자 아주머니들 처음에는 발장단 정도로 서로 키득대며 스킨쉽 정도로 가벼운 아쉬움을 달래더니만 얼마 되지 않아서부터는 본색이 터지기 시작했다. 하늘 위로 손을 허우적거리며 바다가 담기고도 넘칠 젖탱이를 출렁대며 가거라 삼팔선아에서부터 꽃피는 동백섬까지 귀신이 와서 잡아가도 모를 정도로 넋이 나가서 글자 그대로 지랄발광 해대었다. 노래를 듣고서 처음에는 놀랄 노자가 되었던 운전기사 아저씨도 아주머니들 노는 꼴을 보고 가만히 적응되다 보니 은근히 신나는 거라. 운전하면서 살짝살짝 어깨춤을 추더니만 그만 피는 못 속이는 이딸리노답게 노는 데는 일가견 있어선지 한 번 손 당기고 싶은 거라. 에따 모르겠다. 고속도로 휴게소 겸 주차장에 차를 세운 뒤 아주머니지시대로 양쪽 커튼을 다 내리고는 코리안 스타일로 버스 칸 그 좁은 통로를 플로어 삼아 살 비비며 몸 비비며 갈 길은 먼데 안가면 어떻노 여기서 아주 판 끝내고 말자는 듯이 아주머니들 따라 같이 춤추고 있었다. 그래서 젓갈 대신 텔레비전 팔고 휴대폰 팔고 하면 됐재. 안 그렇노?

에펠파리

창을 열고
에펠탑을 바라보며
사랑을 했다.

에펠탑처럼 찔러줘요
모두들 휴양지로 떠난 8월의 텅 빈 도시에서
오, 파리쟝 여자의 한 조각
구름 같은 비음.

어디선가
침대의 삐걱대는 소리 들리고
에펠탑은 잘려나갔다.
풍경에는 관심이 없었다.

젖으면 되었다.
빨리 해줘요.
시간이 없어요.
포도주로 잘 구운 통닭의 허벅지를 가진
아, 프랑스 여편네.
샹송처럼 흠뻑 젖는 젊음.

창을 닫고
한 여자와 방에 있었다.
노년이었다.
에펠탑도 세느강도 사라졌다.

모든 소리들이 조용해졌다.
여자도 늙었다.
비음도 관능도 없었다.

추억을 더듬어 봐도
슬프기만 한
에펠 파리.

취리히 호반에서

사람들은 누가 가르쳐준 것도 아닌데
마음의 평온을 찾고 싶으면
조용한 호반을 찾아 쉰다.

지나는 나그네 발걸음으로 들른
취리히 호반
남녀노소 모두 정다운 가족 같은 이들을 보다

불현듯 밀려드는 외로움
내 곁에도 저 물가의 한그루 느티나무처럼 서서
그늘을 지어주던 여자가 있었다는 생각.

살아 전에 다시 불러도 소용없는
여자의 이름을 떠올리다
한 점 눈물을 떨군다.

그 눈물에는 취리히가 마지막 밤이라는 것과
저무는 해거름처럼 외롭다 해도
너무 늙어서 늙으면 외로운 것도 소용없구나.

옛날 젊었을 때면
외롭다 콧김만 내불어도 여자들이 있었는데
사내냄새 귀신 같이 잘 맡는 여자들은
어느새 사라지고

살아생전에 다시 못 올 취리히 호반
잊지 말아야 할 모든 아쉽고 그리운 것들
하나 둘씩 버릴 수밖에 없는 인생임을 터득한
나처럼 쓸쓸히 발길을 돌릴 이 있을 것 같은
마지막 밤배를 탄다.

백조의 성
―뮌헨 퓌센에서

허구 많이 본 것 중에
사람에게는 영영 잊을 수 없는
아름다운 것이 있다.
흰 백조 한 마리가 앉은 듯
만들어놓은 순결의 백조의 성이다.
꽃 같은 무지갯빛 꿈에 젖어들게 하는
너무나도 아름다운 모습이다.
성城이 백조가 아니라
빈 하늘을 백조의 꿈으로 채운
사람들의 마음이 그대로 드러난 성이다.
지금도 아름답다고 느끼는 것은
사랑하는 아내와 같이 본
추억이 가슴에 고스란히 있어서다.
그때 나는 아내에게
행복하다는 말을 했던가. 기억에 없다.

드라큐라성의 시계

입가에 묻은 피나 좀 닦았으면 좋겠는데
피를 빨아 먹느라 흘린 핏자국이
선명한 두 개의 어마 무시한 이빨을 가진 흡혈귀.

가상현실을 사실처럼 꾸며 놓고
사람들이 몰려와
귀신이 어떻게 살았는지 궁금해 구경한다.

귀신은 무섭게 살았다.
방에는 시계가 두 개나 있었다.
가는 시계와 정지된 시계.

멈춰진 시계는 열두 시 정각이었다.
드라큐라가 꼭 남성일 필요는 없다.
나는 외지로 떠도는 인생이 너무 외로워
여기서 저승의 아내귀신을 부른다.

드라큐라 성의 벽면에 나 있는 수많은
문들의 어느 쪽에서 아내가 나타날지 모르지만
정지된 시계의 초침이 흔들리고

아내가 문을 열고 나타나기를 기다린다.

아내여 좁은 비밀통로를 지나
그대가 나타나서 백옥 같이 흰 이를
내 목 깊이깊이 박고
심장이 멈출 때까지 내 피를 빨아다오.

멈춰진 시계가 움직이는
죽어서도 그대와 같이 사는 길이 있다면
피를 빨리며 죽어가는 쾌락에 젖는
내 또한 드라큐라가 되리니.

스칸드나비아 반도의 풍경

이 반도에 사는 바이킹의 후예들은
언제 칼을 휘두르며 싸웠는지
흘러간 옛날처럼 다 잊은 모양이다.

북극곰처럼 덩치 큰 사람들이
칠월에도 눈 덮인 산들이 얼룩소 같은 곳에
장난감만 한 오두막을 짓는다.

인형의 집 노라는 가출한 것이 오래전이고
이 땅의 여자들은 앞치마를 두르고
집처럼 행복한 곳이 없는 것 같은 표정들이다.
혹한의 한파가 집이 최상의 행복임을 일깨웠다.

분명 추위를 달래려 습관처럼 마신
바이킹들이 적도에서 가져온 술
집집마다 아콰비트 향기가 그윽이 퍼진다.

스칸디나비아 반도의 하늘엔
구름 위에 다시 구름의 그늘.
또 백야의 하늘에 꿈 같은 구름.

사는 게 다 꿈이라지만 분명 평화롭다.

하시시에 취한 듯
이 하늘을 나는 것만으로도
나는 행복하다.
인간 낙원이 어떤 곳인지 상상이 간다.

말도나도의 별
—이민자의 땅

이역만리다.

밤하늘엔 고향집 외양간의
소 눈망울만한
별들

그렁그렁 눈물 괸 듯한
별무리들
한 간 집도 없이
오소소 모여 앉은 가족 같은
별무리들

춥다.

이 밤 아마존의 하늘 아래서도
나처럼 살기 힘든 별이 있어
이민을 가나보다.

찌잉-쩡
발뒤축 끄는 소리

바이올린의 맑고 서러운 울림의
유성이 흐른다.

낯선 땅, 낯선 풍물 앞에 선
이민자의
소리 없는 눈물자국처럼
가슴을 그싯는다.

순수한 것들엔
언제나 슬픔이 담겨 있어
별들처럼 초롱하고

한 뼘 땅도 없는
나는 아마존의 하늘을
천만 평의 토지로 가진다.

아프리카 아프리카

갈증의 혀가 타들어가다
드디어는 됴고약처럼
변해버린 대륙이다.

사람이 죽는다.
죽음 중에 제일가는 고통은
굶주려 죽는 죽음이다.

에미는 됴고약처럼 녹아 있고
살아남은 아이는 기진해
물 넘길 힘도 없어
새끼손가락으로 흘려 넣어보아도
헛입질만 한다.

놀라워라.
이 땅의 어느 한 부분은
아직도 천국이어서
사파리에 들러
야생의 짐승들도 보고
롯지에서는

악어고기를 맛보며
흰 이를 드러내는 사람도 있다.

때 묻지 않았다는 말
순수하다는 말을 내뱉는
일회용 여행객들이 있다.

아프리카 아프리카

아프다는 그 말 자체를 묻는 것조차
내려앉은 큰 땅덩어리만큼
고통이고 비극이다.

아프리카 수사자

한 판의 바둑처럼 오늘도
야생동물들의
치열한 백병전이 벌어지는
세렝게티 공원에서
하루 종일 사자를 찾아 헤매다
바오밥나무 아래서 만났다
늘 성동격서聲東擊西의 눈을 가진
사자는 우리나라 삼수생쯤의
얼굴을 하고 있었다.
아생연후살타我生然後殺他니 지피지기知彼知己면
백전백승이니 하는
싸움판의 공식쯤은
벌써 졸업한 것 같았다.
배가 부르면
다른 짐승을 포획하지 않는
자족이 보였다.
두 집을 지으면 사는
바둑판의 도덕도 떠나 있었다.
집을 지을 것도 없이
하늘을 지붕 삼아

여러 암컷들을 거느리고 살았다.
또 사자는 천상천하에
무서운 것도 없었다.
이름값을 제대로 하는 왕이었다.
도망가는 것도 보지 못했다.
자신보다 무서운 것이 있는 줄
모르기 때문이다.
하지만 모든 것이 그러하듯이
저 사자에게도 한때가 있음을
나는 너무나 잘 알고 있다.
저것도 쓸쓸히 이 넓은 초원에서
꼬리를 내리고 판을 거둘 때가 되면
무리로부터 추방되어
지축을 흔들던 뒤꿈치를 힘없이 끌고
어디론가 사라져
수취인 불명이 될 것이다,

킬리만자로

아프리카에선 더 가질 것이 없다.
킬리만자로다.
저것 하나 그냥
도둑놈 소리 듣더라도
눈 딱 감고
엠보셀리 공원만 한 보자기에
싸들고 도망쳤으면 싶다.
눈 점만 찍고 바라보는 산이어서
더욱 그러하다.
뜨거운 땅 아프리카가
흰 백설의 킬리만자로를
더욱 숭고하게 만든다.
하나님
이 땅의 어디든지
킬리만자로 어깨만큼
바벨탑처럼 흙을 쌓으면
눈을 주실 수 있는지요.
기도하게 만든다.
저절로 오 하나님 소리가 터져 나온다.
킬리만자로

희고 단순한 것 앞에서
나는 속수무책이다.
고봉으로 푼 어머니의 흰 쌀밥
한 그릇 같은 산을
마음에 담으며
난생 처음 바보처럼
텅 빈 마음으로 그냥 바라볼 뿐이다.

훈장 수염

아프리카 여행에서였다.
일행 중 지리산 어디쯤에서 왔다는
훈장수염을 달고 온 사람이 계셨다.
이 노인 어딜 가나 인기가 좋았다.
흑인들 눈에는 특이했던 모양이다.
흑인들도 드물게 턱수염을 기르지만,
아마 동양의 은자처럼 보여서일까.
나이만큼 늘어지기만 하는 봄날에
무뜩 그 영감이 떠올랐다.
나도 구레나룻, 턱수염 날만큼 났으니
애늙은이처럼 한 번 기르고 싶어졌다.
이제껏 하루 걸러, 이틀 걸러
자라기 무섭게 밀어온 수염이다.
남 보기에 지저분하다는 이유에서였다.
그렇다. 남 보기에, 남들이 그렇게 하니까
나도 남 따라 수염이 자라면 깎았다.
참으로 면도를 하는 것이야말로
어느 때부터인지 모르지만 남들 따라
아무 생각 없이 습관처럼 해 왔다.
그런데 노인이 되면 왜 수염을 기르는

사람이 많을까. 위엄을 보이려고
아니면 손자들 장난감으로 기르는 걸까.
이번만은 남 흉내가 아닌 나대로의
초가삼간을 짓듯 수염을 기르기로 했다.
자연으로 막 자라게 놔둬
나만의 울창한 쑥대밭을 만들기로 했다.
그러자 놀라웠다. 수염 하나 기르는 것으로
세상이 변했다. 내가 아닌 내가 되었다.
아니 나의 참 모습을 보게 되었다.
이제껏 상상조차 안 했던
턱수염이 하얀 노인이 있었다.
내가 어느새 저리 늙었다니, 탄식하면서도
한편으로는 빙그레 웃었다.
심심할 때면 심심할 때면 수염으로
아직은 여자들을 은밀히 빗질하고 싶은
감각이 살아있는 따뜻한 남자가
수염을 날리며 거울 속에 있기 때문이었다.

피사에서

피사에 오면 사람들은
어릴 때 교과서에서 본
탑 모양을 흉내 내기도 하고
자신이 탑인 양 꼭지까지 오른다.
한 번쯤은 기울어진 중심이
중심이 되어도 쓰러지지 않는
기적이 오기를 바라서일까.
피사처럼 비스듬해진
자기 그림자를 탑처럼 본다.
가끔은 올바른 길正道만이 아니라
좀 바르게 서지 않아도
무너지지 않고 사는
삶도 있음을 터득한다.
바른 선택인지 잘 모르겠지만
피사의 탑이 신기하다.

체 게바라

세계 각국의 마그넷이 산동네 판잣집처럼 닥지닥지 붙어 있는 우리집 냉장고 문짝엔 체 게바라도 있다. 내 눈엔 꼭 볼리비아 산 도적 닮은 이 사내를 어느새 은근히 마음에 두었던지 체 게바라에 대하여서는 혁명도 아무것도 모르는 그야말로 까막눈인 아내가 이역만리 아바나 혁명광장에서 떠억 데려왔다.

내색은 전혀 안했지만 체 게바라를 볼 때마다 우리 집 여편네가 내게 밤낮 술이나 쳐 먹고 팔도가 좁다고 계집질이나 하며 어영부영 살다가는 이 집구석 혁명으로 풍비박산 낼 수 있다는 으름장으로 보여 겁이 났다.

하지만 겉으로는 쳇 저 따위 마그넷 체 게바라쯤이야 삼태기로 데려와 봐라 눈 하나 끔적하나 큰 소리 탕탕 치고 하늘이 떠나갈 듯이 하하하 웃지만 저놈 죽어서도 힘이 있긴 있네. 어느새 일면식도 없는 내 마누라 곁에 자석(마그넷)처럼 찰싹 달라붙어서 예까지 왔으니. 하여간 잘나긴 잘났어. 카스트로하고 혁명을 같이 하며 쿠바의 험한 산 속에서 풍찬노숙도 이겼으니 만세를 부르도록 어쨌든 잘나긴 참 잘났어.

알렉산드리아에서

내가 왔다. 클레오파트라를 만나는
시저처럼 안토니우스처럼
세월은 흘러도 슬프고 달콤한 사랑 얘기는
언제나 진실한 허구로 남아 떠돈다.
아랍 여인을 만나려 내가 왔다.
차도르 속 눈동자는 등대처럼 빛났다.
에뜨랑제의 고독까지도 다 꿰고 있었다.
나는 까뮈가 이웃 열사의 땅 알제에서
왜 꽃바구니를 이고 오는 오랑시 여인들의
봄을 아름답게 묘사했는지 알 것 같다.
이 뜨겁고 삭막한 땅에서는 오직 사랑만이
꽃 피는 봄이다. 희망이다.
나는 내일이면 떠날 알렉산드리아로 왔다.
이 도시에서 차도르를 쓴 여인들이
키스는 어떻게 하는지 궁금해서 왔다.
어디서부터 장미꽃잎을 깔아줄까
검은 차도르를 걷어내면 드러나는
입술과 흰 치아를 보고 싶다.
아마 그러하면 붉은 석류알을 깨물듯
내 입안 가득히 신 침이 고일 것이다.

지상의 피라미드를 굶주린 듯
혀로 핥으려는 지중해의 파도가 그러하리라.
지중해를 넘나드는 모든 항로를
이웃집 나들이 가듯이. 손금 보듯이
훑고 있던 알렉산드라의 등대에서
클레오파트라는 사내를 읽는 법을 배웠을까.
알렉산드리아의 도서관은
세계의 모든 지식이 다 들어있는
장서로 가득 차 있었고
등대불빛은 밤바다를 읽듯이
밤새도록 그 책들을 다 읽고 있었다.
옆의 홍해에서 마호메트가
바다를 가르고 걸어나간 기적까지도.
조수간만의 차로 일어난 자연임을 다 안
도서관의 책들을 읽고 있었다.
그 알렉산드리아 도서관도 등대도
다 영원한 바다 속에 침몰되거나 사라졌다.
내가 왔다. 내일이 와도 떠나지 않을 땅으로
나는 이 도시의 향수가게에서
아랍여인의 타는 살 냄새가 나는 향수를 산다.

낙타를 타고 사막을 건너는 별을 지닌 노마드는
무거움도 가볍게 증발하는 향수와 같다.
그 사막에 텐트 친 하룻밤은
야자수 그늘 아래가 아니면 어떠랴
별을 보며 사랑 한 번 해보는 꿈에 젖게 한다.
나는 평생 낙타를 타고 물 찾아 헤매는 나그네였다,
이 밤, 별이 흐르듯 과부가 된 초상집에는
검은 상복의 한 떼의 여인들이 개미처럼 모여
혀를 떨며 우는 소리가 들린다.
동네방네 과부됐음을 알리는 소리다.
한 남자가 죽으면 다른 사내가 그 여자의 밤을
잘 구운 빵을 뜯듯이 뜨겁게 이을 것이다.
슬퍼 마라. 알렉산드리아는
이름뿐인 도서관과 등대와 클레오파트라를 가진
텅 빈 도시만이 아니다.
지금도 벌거벗은 자들에게 옷을 입히는
지혜의 목화꽃을 피우고 있다.
문명으로 가는 돛폭도 저 목화로 이루어졌다.
나는 이제야 깨닫는다. 이 땅에 내가 온 것은
클레오파트라를 만나기 위해서가 아니라

목화송이 같이 폭신한 여인을 만나기 위해서였다.
왜 왔는지도 모르던 내가 여기 와 섰다.
언젠가는 투탕카멘의 가면처럼
그들의 태양신이 빛날 날 있으리라.
피라미드처럼 창은 뾰족하고 화살은 하늘을 찌르고
방패는 지중해 물결을 탄 로마의 바람을 막으리라.

나이아가라

폭포는 높은 단계의 수평에서
그 아래 낮은 단계의
수평으로 흐르기 위해 떨어지며
죽음의 찰나에도 온통 포말을 날려
환희의 기쁨으로 넘친다.
물처럼 몸을 바꾸며
어디든 적응 잘하는 게 없다지만
한 번 길이 정해지면 길대로 가는
결단력을 보이는 물도 흔치 않으리.
나는 폭포라고 다 같은 폭포가 아님을 안다.
폭포는 경천동지 하도록 끝장내고자 하는,
끝장내고자 하는 산화의 몸짓.
나이아가라다.
그리하여 얻게 되는 희디흰 포말의 경구
죽고자 하면 살게 되고
살고자 하면 죽게 될 것이다.
햄릿의 죽느냐 사느냐 이것이 문제로다보다
더 결단 있는 소리로 힘차게 살아서
높으면 높은 대로 낮으면 낮은 대로
깊고 얕음을 가리지 않고

굽이치고 휘돌아 유유히 흐르는
상선약수 율律의 맥을 보느니.
물은 스스로가 사즉생생즉사 하며
비류직하삼천척의 몸짓으로
어떻게 살다 가야할 지를 아는 것 같다.

이과수 폭포

물이 쇳덩어리가 되고 쇠가 물이 되어 흐르는 것은
귀가 있어 듣고 눈이 있어 보기 때문인데
정말 악마의 목구멍으로 침몰하는 듯 엄청 실감 난다.

가령 이 물녘에서는 더러 죽는 사람이 있어
아까운 목숨 함부로 비명횡사 물이 되지 말라고
초당 1만 2천 톤의 물의 쇳덩이로 만들어
악마의 목구멍이라 하였겠지만

나는 저 산산이 부서져 물보라 치는
아니 물보라가 연기처럼 흩어지는 것을 보며
어차피 망할 인생이라면
차라리 저렇게 한 번쯤은 절망스러웠으면 한다.

우리가 내 몸처럼 사랑하던 사람을
땅에 묻고 와 어찌할 수 없는 자기 위로로
캄캄 하늘을 우러르며 별이 되었다는 것처럼
한 번은 천천만만 길 벼랑 끝 심연으로 떨어져
부서지며 울어도 좋겠다고 본다.

사랑하는 사람은 떠나보내고
누가 보건 말건 땅바닥에 철퍼덕 주저앉아
철철 우는 인생이 뭐가 그리 부끄러우랴.

한 번은 온몸이 박살이 나도록 울어보자.
떠난 사람은 몰라도 남은 사람은 얼마나 아픈지 참지 말자.
그것이 아픔을 알고 사는 우리 인생이 아니냐.
이 강산 낙화유수. 아무리 차돌 같은 내 목숨줄일지라도
어디 산산 부서지는 물이나 되어 울어보자.

울어야 하는 물이나 되어 보자. 폭포가 되자.

빅토리아 폭포

하늘이 통째 무너지는 소리다.
하느님의 왼쪽 발에
누군가 쇠고랑을 달아 놔
불편한 발을
쿵쿵 들었다 놓는 소리다.
아니면 킬리만자로만 한
큰 돌을 물보라로 만드는
무지막지한 공장이 있어
돌을 빻는 소리다.
돌이 물보라 되는 소리다.
그저 하느님의 역사役事 같은
저 물줄기 앞에 서면
진실로 나는 이 지상에 없고
흐르는 물이고 떨어지는 소리가 된다.
모든 사물들은 소리 속에 갇혀 있고
소리에 매달려
소리에서 소리로 살 뿐이다.
그것을 아프리카인들은
'천둥소리가 나는 연기'라 하여
나보다 더 시인처럼
이름을 붙였다.

기린

아프리카의 밀림에서도 살기 어려워 먹이를 찾아
도시로 나와 상 하역 철제 크레인 되어 사역하며 서 있다.

꿈

일생
꿈에 그리던 아프리카에 갔다.
떠돌이 여행객 속에서
구경은 미뤄두고 잠만 잤다.
꿈속에서 나는 사자였다.

마사이마라의 넓은 초원이 펼쳐졌다.
세상의 먹이들이 평화롭게 풀을 뜯고 있었다.
하나님은 목자시니
내게 부족함이 없으시로다.
사자의 눈에도 하나님의 나라였다.

나는 사자를 죽이기로 했다.
아니 사자의 꿈을 죽이기로 했다.
아니 사자의 눈을 죽이기로 했다.
사자의 발톱을 가지고 핥고 뜯었던
사자의 어금니로 살았던
나를 죽이기로 했다.

바오팝 나무 아래서 사자를 만났다.

사자의 꿈을 죽이기로 했다.
사자의 눈을 죽이기로 했다.
사자를 잡는 것이
사자의 꿈을 갖는 것이라고 믿으며
살아왔던 나를 죽이기로 하며
꿈을 꾸며
슬픈 땅 아프리카를 둥둥 떠다녔다.

2부 북해항로

실크로드

1.
실크로드에는 사막만 있는 것은 아니지만
멀고 먼 길고 긴 길을 가다보면
삭막하고 막막한 사막을 만나는 것은 필연이다.

사막 앞에 서면 그저 아득하다는 말밖에 안 나온다.
누구나 첫발을 내딛기가 망설여진다.
끝없는 절망과 거대한 허무 앞에서
걸어가며 싸워 극복할 자신이 있는가.
한 번 가면 끝까지 가야할 길이기 때문이다.

그러면서도 우리는 오늘도 사막을 간다.
눈물 젖은 빵을 누군가 먹어보았느냐고 묻지만
그 눈물 젖은 빵을 먹기 위하여
소금이 필요한 사막을 걸어간다.

사막을 건너거나 건너온 자가 아니면
인생을 말하지 말아야 하는 실크로드다.
자연 속으로 들어가 사람을 배우는 길이다.

사람이 사람을 아는 길이다.

나와 다른 음식을 맛보고 다른 말을 더듬거리고
다른 기후에 적응하며
사람과 사람이 이해하고 하나가 되는 길이다.

나는 실크로드의 한 왕국이었던 이찬칼라 성에서
그 옛날 대상들처럼 남아메리카에서
아프리카에서 유럽에서 온 수많은 인종들과 걸으며
그들 모두가 사막을 건너온 다른 사람들이자
하나가 되고자 하는 사람임을 체험한다.

2.
머리는 불타 온통 머리카락들이
불길로 치솟는 듯한
사막의 끝이자 시작인 히바에서는

정오가 너무나 막막하다.
무조건 두문불출이다.
초복 중복 말복으로 더위를 나눌 수도 없다.

지역텔레비전의 글로벌 날씨예보는
신기하게도 대한민국 서울로부터 시작한다.

왜 우리나라 서울일까.

예부터 사막을 건너가고 오는 길은
밤하늘의 별을 보고 찾아 헤매던 저들에게는
해 뜨자 풀잎이슬이 영롱한
동방의 해 돋는 나라가 그리워서일까.

60년대 트랜지스터라디오 한 대 없던
아버지는 명태, 오징어, 양미리 등속을 말리면서
눈만 뜨면 태백산마루의 구름부터 살피었듯이

나는 내일이면 히바에서 누쿠스를 거쳐
물을 찾아 아랄 해가 있는 곳으로
아버지가 그러했듯이 침을 뱉어 손바닥 점이라도 치며
죽든 살든 떠나야 하지만

더위를 점쳐 볼 재주가 없는 나에겐
유숙하는 호텔의 데스크는
가까운 우르겐지 가는 정보도
택시 아니고는 다른 수단이 없다고 주지 않는다.

나그네가 맞긴 한데 대상隊商이 아니어서 그런가.
인심 또한 사막처럼 까칠하다.
다는 그렇지 않을 텐데 다 그렇다.
길만이 아니라 천지사방 내가 아는 거라고는
황사, 가슴이 꽉꽉 막혀오는 모래바람뿐이니까.

그래도 나는 사막의 길을 갈 것이다.

3.
나는 떠난다. 늘 한 곳에 머무르지 못하고 떠났다.
내가 떠돌고 떠돌다 죽어 고국에 돌아오면
비명횡사한 줄 알았다고 입을 모을
텃밭주인 행세가 고작인 친구들로부터 떠난다.

우즈베키스탄 우르겐지에서 부하라로 가는
침대 열차 아래간에서 프랑스계의 마리라는 여자의 가족과
차를 같이 나눠 마시고
신기해하는 접이식 내 돋보기를 써보게 내어주고
나침반 대신 휴대폰 구글 지도로
미지의 세계로 가는 길을 보여주며 떠난다.

내가 가진 이 평범한 일상들이
다른 사람들에게 신기하다는 것이
얼마나 이제껏 못 느껴본 다른 체험이냐.

가령 내가 타슈켄트의 초르스 시장에서
우리나라만 있는 줄 알았던 순대국을 먹어보고
식탁의자의 방석을 사서
집에 와 중앙아시아 스타일로 꾸미는
신선한 새로움을 너희는 아느냐.

다른 고장에서 같은 음식을 맛보며
우리 것과 다른 미묘한 맛의 차이를 음미하거나
다른 것을 가져와 낯선 땅의 느낌을 갖는
이 혼자만의 즐거움을 너희는 아느냐.

부딪쳐보고 어림짐작으로 찾아가 봐서
무슨 보물찾기처럼 맞닥뜨린 적중
한 나라의 유적 앞에서 읽는 역사여.

가는 길에서 만난 사람이

나를 속이고 더러 바가지도 쓰고
여기와 저기와 늘 다른 여행의 준비처럼
미비한 나를 보며 나를 알기 위해 오늘도 나는 떠난다.
이 세상 속아 살지 않는 자 있으면 나와 보라.

그래도 나에게는 아스피린이 있다.
부하라로 가는 침대열차의 상비약에도 없는
아스피린이 있어
목구멍이 아프고 열이 오른 옆의 청년에게 주기도 한다.

4.
쿠바 헤밍웨이 문학박물관에서 기념으로
바다빛 모자 하나를 사서 좋아라고 쓰고 다니다가
집에 와 우연히 라벨을 보니 중국 제품이었다.

미국 동부인가 서부에서는
작은 기념품을 고르다 생산지를 보니
놀랍게도 조악하다는 말은 않겠지만 중국제품들이
그들의 인구만큼이나 물밀듯이 와 판을 치고 있어
메이딩 유에스에이를 찾아 헤매다

결국 목욕용 타월을 하나 사서 온 적도 있다.

타월 한 장에도 미제를 찾다니
이건 분유 등속을 받아먹거나
구호품으로 바다 건너온 옷가지들을 얻어 입은
내 유년의 슬픈 성장사와도 연관이 있다.

오스트리아 쉔부른 궁전 옆 세일 옷 판매대에서는
국제전시장처럼 만국의 옷이 널려 있었는데
거기에는 당연히 한국 제품도 자리 잡고 있었다.
참 모두들 먹고 살겠다고
멀리도 와 문전성시 북새통을 이루고 있었다.

또 아주 마음먹고 작정하고 간
인도네시아 반둥의 한 백화점에서는
원산지에서 모모한 유명브랜드 한 가지 구입비로
이렇다 할 명품들을 이것저것
무슨 큰 횡재나 한 것처럼 한보따리 메고 온 적도 있다.

하지만 당연히 그 나라 제품인 거 같아

손에 잡으면 아닌 적이 너무 많다.
우즈베키스탄 타슈켄트 상점의 의자깔개가
터키산이었듯이

체리며 살구 자두 등속이 지천인 초르스 과일시장에
바나나가 떠억 자리 잡은 것을 보며
아 여기가 동서양 실크로드의 길목이 아니었던가를
새삼 실감한다.

이제 세계가 실크로드 없는 실크로드가 되었다.
우리의 삼성은 실핏줄 같이
세계 오지마을에서도 간판이 우뚝하다.

처음에는 딴 나라 제품을 구입하고 속았다며
여행객이니까 하며 웃어넘겼는데 그럴 것 없다.
굳이 어느 나라 제품 따질 거 없이
눈에 띄고 사고 싶으면 사는 것이
사막 같은 세상 실크로드의 실크로드가 되었다.

만년설

1.
천산산맥의 만년설 중에는
아주 차갑고 쌀쌀한 내 애인 같이
만년을 토라질 듯 나대지 않고
아무도 몰래 살짝 물이 되어 녹아서
따가운 햇살 아래 축축한 옷 말리듯
타클라마칸 사막의 팍팍한 땅 아래로 스미어
왜 있지 않은가 시집간 처녀가
첫날밤 소피 보는 소리로
잘잘 졸졸 흐르는 눈의 물이 있다.
나는 그것을 물이라기보다
땅 밑으로 흐르는 눈의 물, 눈물이라고 부른다.
그 눈에 안 보이게 흐르는 물을
아주 옛날부터 사람들은 어찌 알았는지
사람이 귀신이어서
맛있는 음식이나 소문난 집들은
귀신보다 먼저 알아서 개미처럼 모여들 듯이
땅에 피리 구멍 같은 자국을 내고
그 구멍에서 노랫가락으로
흐르는 물을 퍼내어 목도 축이고

나무도 심고 사람 목숨을 이어가게 하는,
도저히 사람이 살 수 없는 타클라마칸에서도
사람들이 물 하나를 믿고 사는
하늘이 주는 눈이 얼지 않고
땅 속에 강을 내어 흐르는 것을 보았다.
물 먹고 사는 사람의 품성도
보이지 않게 녹아서 저 같아야 됨을 나는 깨닫느니.
눈의 물이 눈물겹다.

2.
천산산맥의 바위틈에서
한 일천만 년쯤의 일월성신은
아무것도 아니라는 듯이
더 기다려 봐, 기다려 봐 하며
홀딱 벗은 알몸뚱이로 누워 있는
차디찬 살갗의, 햇볕의 힘으로도
녹일 수 없는 눈 곁에서
나는 왠지 아무리
녹이려 해도 녹일 수 없는
아득한 고국의 여자가 생각나서

햇볕 같은 것으로는
가당찮은 여자가 생각나서
이참에 오기로도
녹지 않는다는, 만년을 가도
녹지 않는다는
눈을 녹여 봐, 눈을 녹여 봐
그리고는 그녀에게 가서 만년을 가도
녹지 않는다는 눈도 입김 한 번으로
녹였다고 마음 속내도 다 토해 봐.
그녀가 아주 질려버리게.
하얗게 만년설이 되어 얼어버리게.

북해 항로

1.
먹고 살기 위하여 유민이 되어 식솔들을 이끌고
이 항로를 따라 해삼위로 갔던 아버지처럼
오늘 나는 한 마리 회유어로 북해 항로의
짙고 푸르른 막막한 바다 위 선단에 떠 있다.
북으로 오를수록 파고는 높푸르게 하늘과 맞닿고
나는 어이하여 학업도 작파하고
유빙이 칼끝 같은 바다의 끝자락에 떠 흐르는가.
표류하는 내 청춘의 꿈처럼 바다 물빛은 푸르른데
대학노트의 표지마냥 펄럭이는 물결 위에서
예측할 수 없는 인생이란 부표에 매달려 흔들리는가.
가끔 어디서 왔는지 갈매기조차 고적해 보이는
선창에 기대 휘파람을 호이— 호이 휘— 불면
괜히 젖 뗀 아이처럼 늙으신 어머니가 그리워져서
메마른 가슴에도 어쩔 수 없이 글썽 눈물이 고이고
어머니께 안부 편지를 길게, 길게 쓰고 싶어도
북해 항로의 어느 바다 위에도 우체국은 없구나.
이 항로에 서면 잃어버린 사랑도 더욱 그리워지는구나.
무슨 일이 있어도 여자는 떠나보내지 말았어야지…
지난 여자의 눈 그리메도 선히 떠올려지는구나.

까닭 없이 내 주체할 수 없는 외로움일랑
무조건 여자에게 보상 받아야겠다는 생각이 들고
소맷자락이 허옇게 소금기에 절은 오랜 뱃사람답게
나는 여자가 너무 너무 그리워서 다음 기항지에서는
무슨 일이 있어도 아무 여자나 만나 회포를 풀어야 하겠다는
기대를 가져보며 바위 같은 가슴을 탁탁 쳐본다.
북해 항로여, 나는 어느 산모롱이를 돌다
느티나무 그늘 아래서 갑자기 터져 나온 울음을 쏟듯이
모든 것을 털어낼 그늘이 없어 서럽구나.
갓 서른도 못 넘긴 나이가 괜히 억울하고 서럽구나.
이 바다 때문에 바다에 갇히어 사는 거 같아 서럽구나.

2.
이 항구의 위도 어디쯤의
항구에 들면
지금은 갈 수 없는 내 고향이리라.
바다의 심해 깊은 곳까지도
마음대로 넘나들 수 없는
분단의 북방 한계선은 이어져 있고
공해公海에 떠돌던 청어나 오징어 떼들이

북방한계선을 넘어가면
그물을 칠 수도 없다.
그런 바다 위에서
고기떼가 자유를 찾아 나오듯이
국경을 넘어 돌아오길
기약 없는 시간을 기다리며
나는 아무도 몰래 마음의 그물을 던진다.
그 그물에는 늙으신 어머니와
눈이 무척이나 맑은 내 어린 누이 동생이
아직도 옛날처럼 있다.
피난을 떠날 때 사흘이면
넉넉잡아서 한 닷새면 온다고 떠난 고향인데
죽기 전에 일생 못가 볼 북녘 마을이 되었구나.
조금은 고향 가까이 가보려고
뱃머리를 뭍으로 돌려가는 이 마음을
파도치는 이 마음을
밀고 밀리며 북으로 가는 마음을
파도야 너는 아느냐,
고향 가까운 이 항로에 서면
마음은 늘 산발한 머리카락처럼 어지럽고

바다는 옛 대로 창창 푸른데
바다를 놓고 나는 대성통곡 하고 싶구나.
불효자처럼 어머니를 부르고 싶구나.
북해 항로여
나는 어이하여 모든 것을 잃고
세월 속에 파묻혀 이리 너무 늙었느냐.

3.
북해의 끝 난바다에 와서
산 같은 물결이랑이 얼마나 견디기 힘든지를
몸소 부딪쳐 본 이들은 알리라.
멀미 때문에 천금을 준대도 배를 안타리라.
그러면서도 천금 같은 목숨 때문에 배를 탄다.

떨어져 떨어진 사람끼리 사는 곳
도망 와 도망한 사람끼리 살던 곳
물 가르고 건너 와 물같이 정 나누며 사는 곳.

어느 항구인들 이별이 없고
어느 항로인들 눈발이 거세지 않겠느냐.

호박씨 같이 내리는 눈발이 너무 거세

냉대성 어족인 명태를 따라
북해 항로를 거슬러 오르던 뱃머리는
저인망 그물을 한 번 쳐보지도 못하고
쿠릴열도의 어디쯤에서 뱃머리를 남으로 돌렸다.

1월의 북극의 바다는 칼바람 속에
무서운 속도로 얼어들고
자칫하면 한 겨울을 얼음바다에 갇히게 되어
해빙이 되거나
쇄빙선이 올 때까지 기다려야 했다.

북한의 어느 부동항에도 들를 수 없는
선단船團은 남하하여
바람이 자고 눈보라가 그칠 때까지
이국의 항구에 정박했다.
홋카이도 이시가리만의 오타루였다.

항로가 막혀서 못가는 신세는

어찌 내 고향 함경남도 북단의
앞바다 단천과 그리 같으냐.
갈매기 눈동자에도 그렁그렁 눈물 맺힌다.

동치미에 말은 국수를 먹고 싶다고
으적으적 차갑고 단단한 얼음 슬픔을 깨물면
꽝꽝 얼은 북빙양의 바다가 터지는 소리가 난다.
후룩후룩 그 바다를 자연으로 소리 내어 삼키며
슬프다. 나는 더 이상
산 같은 사연들을 구구절절 이을 수가 없다.

그저 오타루의 자유공원 한 구석에서 만난
이시가와 타꾸보꾸의 하이꾸 한 줄
타향에서 옥수수 굽는 냄새 퍼지면
고향을 그리워하듯…
오늘도 이국의 항구에서 향수에 젖는다.

고비사막

1.
일망무제의 사막에서 카라반들은
길도 없는 그 모래의 구릉도
가야할 끝이 있음을 알고
한 발짝씩 걸어갑니다.
사람이 내딛는 한 발 한 발이
얼마나 중한지를 배웁니다.
믿을 거라고는 별밖에 없는
칠흑의 밤을 신처럼 믿고 갑니다.
해일처럼 밀리는 별.
콩 타작하듯 뛰는 가슴.

2.
가질 것도 줄 것도 없는 사막에 서면
그 땅에 물이 자연스럽게 스며들 듯
한 번쯤 그 마른 피부의 옛날을 떠올려보자.

오늘 중동의 한 나라에서는 모래바람이 세상을 덮고
한날한시에 이웃나라 일본에는
태풍이 덮쳐 온통 하늘의 물벼락에 잠들었다.

그러하듯이

바라만 봐도 목이 타들어가는 고비 사막에
한 줄기 바람이 불더니
쥬라기의 침엽수림으로 휘덮였다.
바람은 세월을 데려오기도 하고
기상천외하게 어디론가 실어 나르기도 한다.

고비사막은 숲지대였다.
그 숲의 주인으로 공룡이 살았다.
새들과 닭의 조상일지도 모르는
날아다니는 날개를 지닌 공룡이 살았다.
메가네우라의 날개를 가진 그늘도 있었다.
삼억 오천만 년 전의 그늘이었다.

누군가 사막이 사막다운 것은
물이 있어서라고 했던가.
물이 없는 사막을 누가 걸어가겠는가.
사막에 서면 자꾸 바다를 보여준다.
한 줄기 일진광풍이 파도처럼 밀려오더니

사막이 변하여 바다가 되었다.

그곳에 한때 사람이 길을 내어 가기도 하고
그 길과 산 위에 물로 포장된
미지의 세계로 가는 뱃길이 열리기도 했다.
상전벽해가 그러하듯이

물고기와 고동의 살과 뼈에
모래가 스며들어 화석이 됐던 것들이
물이 스며들어 다시 생명을 얻었다.
중생대의 푸르른 바다로 살아 숨 쉬었다.

그 고비사막의 일억 천만 년은 다 바람이었다.
바람 속에서 퇴화하고 진화하였다.
나는 공룡의 발톱과 상어의 이빨을 피해
무슨 별을 돛대 삼아 칠흑의 어둠을 헤쳐 왔던가.
밤마다 별 따라 어디로 흐르고 있었던가.

원시의 낮과 밤에서
나를 위로할 여자는 있었던가.

사막까지 따라올 여자가 있었던가.

오늘 일망무제의 뜨거운 고비사막에서
길 찾아가는 낙타처럼
시 하나만 믿어온 내 몸 돌이켜보니
사는 게 다 모래바람 잔치였구나.

쥬라기의 바람이 다시 불어올 날은 언제인가.
사막으로 잠든 내 몸이 침엽수림으로 깨어나고
내 마음이 고래가 사는 바다로 바뀌는 푸르른 날은
내 가난한 인생에서 다시 올 것인가.

우리 한 번쯤 고비사막에 서서
그 삭막한 흙냄새를 맡으며 하늘이 처음 열리고
대지의 푸른 어머니였던 꿈같은 옛날을 더듬어보자.

타조 알

1.
아내가 이승을 뜬 후
장롱 깊숙한 곳에 감춰 둔
타조 알이 나왔다.

아프리카 기념품 가게에서
사려고 값을 흥정하기에
내가 고개를 가로저은 알이다.

아내는 내 말 한마디 때문에
안 사는 체 하며 나 몰래 사서는
싫은 소리 듣기 싫어서
거실에 장식하지도 못하고
몰래 숨겨두고 살다 죽었다.

그까짓 타조 알 하나 뭐라고
왜 사지 말라고 했을까
또 사겠다면
그냥 하고 싶은 대로 두지
사내가 되어서는 좁쌀짓을 했을까.

아내가 저승에 간 후
그런 일들도
아프게 가슴 치게 만든다.

2.
죽은 후 어쩜 사람이
그리도 매정할까
꿈에도 안 보이네.

살면서 섭섭한 일들도 많았겠지만
알게 모르게 쌓인 정도
모으면 이 것 저 것 적잖을 텐데

꿈에라도 보이면 붙잡고
새벽닭이 울 때까지 실컷
못 다한 회포도 풀고 싶은데

매정하기는
생사가 매 한가지여서

잠결에도
터럭 끝만큼도 안 비칠까.

나 몰래 그곳에서
혹여 좋은 사람 생긴 걸까.
그럴 리는 없지만…

오늘밤도 꿈자리에 들면
아내가 올까 몰라
장롱 속에 두었던 타조 알도
맘 놓고 보라고 꺼내놓네.

매일 그러길 하루, 이틀, 사흘…

3.

    수탉 한 마리가 열 명의 마누라를 거느리고 알콩 달콩 알을 까며
살았다. 여편네들이 여럿이니 간혹 사랑싸움도 있었지만 그러려니
하였다. 숫처녀도 바람난다는 봄날 하루였다. 양지쪽 알둥지에 든 한
여편네가 평소와는 달리 나오지는 않고 해종일 배앓이 끝에 저녁 무

렵에야 겨우 홰를 쳤다. 산고 끝에 얻은 것이 오리 알이었다. 하루아침에 낙동강 오리알 신세가 된 수탉은 내 새끼를 낳았다고 동네방네 자랑스럽게 긴 목청을 뽑을 수 없었다. 재산이 주는 것이 가슴 아프지만 오리알을 낳았으니 오리하고 천만 년 잘 살라고 내쫓았다. 그리고 사랑도 미움도 다 무덤덤해진 세월이 흐른 뒤에 문밖으로 내쫓은 계집과 사는 뒤뚱발이 오리서방을 우연히 만났다. 그래도 한때 알까기 하며 살았다고 소식이 궁금하여 오리에게 "잘 사나요" 물으니 퉁명스럽게 "그년 엊그제 죽었어요".하였다. 그리고는 그 말 끝에 "가당찮게 타조 알 낳다 뒈졌어요"라고 가래침 뱉고 등을 돌렸다. 오리집의 가훈은 이때부터 "오리가 타조알을 낳으려 하면 죽는다."였다.

우리집 거실에도 아내가 아프리카에서 나 몰래 데려온 타조 알이 있다. 그 타조 알의 몸 전체에는 누구의 알을 낳다가 죽었는지 모르지만 위용을 자랑하는 사자, 코끼리, 기린의 화상이 이력서처럼 새겨져 있다. 내가 아프리카 여행지에서 아내의 비밀스런 욕망을 모르고 "그런 알을 낳으려고 하느냐"는 한마디에 안 산 줄 안 타조 알이다. 나에게 들키기 싫어서 불륜처럼 장롱 속 깊숙이 감춰두었던 애장품이다. 아내의 시크릿이다. 이까짓 타조 알 하나가 뭐라고 하다가 아니 내가 모를 숨기고 싶은 내밀한 큰 욕망의 사코기가 있는지 모른다는 생각이 든다. 하지만 나는 용서하지 못할 일 용서하듯이 감추기보다 꺼내 놓았다. 타조 알 하나에 연연해 온 속이 좁은 사내였던 스스로를 용서하지 못해 참회하듯이 거실에 내놓았다. 사실 나는 평생 폼생폼사의 수탉 정신으로 살아왔다. 그 장닭의 기세 좋던 붉은 벼슬은 축 처지고 요즈음은 타조 알을 볼 때마다 사자, 코끼리, 기린이 아니라 그 아버지의 무늬를 가져도 좋으니 지금 아내가 살아만 있었으면 하는 세상에서 제일 어리석고 부질없는 생각을 바보천치처럼 지우지 못하고 하루는 쓸쓸히 하루는 슬프게 하루하루를 산다. 이 봄날이 마치 날자, 날자하면서도 날지 못하는 타조의 아니 이상李箱의 발버둥치며 헛발질해대는 '날개'와 같다.

융프라우의 소

1.
소도 삼복더위를 타서
일하다 지치면 땀을 철철 흘리지만
톱니바퀴의 산악열차도 아닌데 오르고 올라
하나님의 교회보다 더 높은 곳에 사는
스위스의 소들은 목걸이로
자기 머리만 한 방울을 달고서
쟁그랑 쟁그랑 하는 소리가 아니라
소의 그 느린 행보만 한
소의 그 그리디 느린 울음소리로
천천히 덩그렁 천천히 덩그렁댄다.
마치 그 소리를 듣노라면
스위스의 산과 나무와 풀들도
소 방울을 단 것 같다.
큰 파이프 오르간의 한 소절처럼
은은히 퍼지는 방울소리.
지상이 낙원이라는 것을
소만큼 일러주는 사람도 없는 것 같다.

2.

사철 흰 눈을 인 융프라우가 걷는다.

홀스타인 젖소의 행렬이다.

소들도 산에 살다 보니 자연 산을 닮았다.

융프라우의 소들은 산처럼

몸은 우람하나 수줍은 젊은 처녀다.

스페인의 싸움소와는 다르게 어딘지 모르게 유순하다.

우유를 마셔보면 안다. 어머니의 젖이다.

아니 젖에서 순백의 눈 냄새가 난다.

제 한 몸 던져 하늘이 무너져 내리는 듯한

눈사태도 이긴 산전수전 다 겪은 소들을 보라.

눈들도 산 밑자락에 깔리듯

배 아래에 덮여서 털실처럼 따듯하다,

무슨 축제가 있어 마을에 내려온 소들은

융프라우가 한 발 두 발 큰 발을 떼는 거 같다.

산이 커다란 방울을 달고

스위스병정처럼 경쾌하게 행진을 하는 거 같다.

쇠방울이 울린다. 교회의 새벽 종소리처럼 퍼진다.

그 소리는 소가 제 소리를 들으려는 게 아니라

융프라우가 들고 높은 산마루에서 퍼뜨리는 메시지 같다.

늘 하나님을 찾아 기도하는 어머니의 소리다.
그래서인지 소와 동행하는 주인도
소를 길러낸 자신을 은근히 드러낸 당당한 보무다.
산이 좋으니 소도 산도 일색이다.

콰이 강의 다리

1.
콰이 강으로 가는 열차에는
타이 여행 책자를 든 일본 젊은이와
한국 늙은이인 나뿐.
나머지는 서양인들이었다.

나는 일본 청년에게
거센 남태평양에 항공모함을 띠우고
동남아시아를 침공했던
흔적을 보러 가느냐고 묻지를 않았다.

승리의 기쁨이기도 하고
패전의 쓰라림이기도 한 그 자리.
아버지의 아버지가 일으킨
전쟁에 대한 긍정과 부정도 있을 것이다.

나는 왜 가느냐. 콰이 강을 보기보다는
잠시나마 칸차부리나 수수만만 평의 들과
꿈꾸는 듯한 나무와 열대의 온갖 꽃들을

내 것인 양 가지는 호사를 누리기 위해 간다.

목적 없이도 때 되면 인간은 죽어가듯이
때로는 목적 없는 여행이 행복일 수도 있다.
아무 생각 없이 흐르다 보면
왜 늘 돌아간 부모 생각이 제일 먼저 떠오를까.
불효의 가슴에 부모 생각 하는 것만도 어디이냐.

거기다 유유 장장한 콰이 강의 흐름에
미얀마로 가는 다리를 놓듯
나의 한 발을 걸쳐보는 것도 좋지 않으냐.

2.
왜 서로 총질하고 빼앗는 전쟁만 떠올리고
그 슬픈 사랑 이야기는 까맣게 잊고 살았을까.

전쟁 미망인이 된 한 여자를 사랑하면서도
그 사랑조차도 밝힐 기운이 없는 죽음을 눈앞에 두고
대필로 겨우 몇 마디 사랑을 유언으로 엮은 한 남자와

간신히 전쟁의 회오리에서 벗어났을 때
이미 죽은 남자의 사랑을 읽는 여자.
인간이 하는 사랑에는 너무나 슬픈
정말 조물주의 장난이 숨겨져 있을까.

죽음이란 늘 사랑이 간절한 사람에게는
안타까운 끝이자 허망한 꿈이더라도
하지만 사랑을 이어갈 것이고
죽어가면서도 다리가 놓일 곳이면
다리를 놓으리라.

끊임없이 이어지는 전쟁과
뒤에 찾아오는 평화로운 삶을 위해
사람들은 오늘이 아닌 내일을 살아갈
사람들을 생각하며 다리를 놓는다.

뒤에 오는 세상을 걱정하는 자들은
유일하게 인간이 아니고 없을 것이다.

오늘 콰이 강의 다리가 그래서 있고
폭염 같은 가혹한 채찍질에도
사랑으로 건너야 할 물이라면 다리를 놓으리라.

3.
내 생애의 마지막 여행이 될
이 다리를 건너면 길의 어딘가에
또 다른 콰이 강이 있음을 안다.

볼 것도 없고
볼 것이 그러하니 기억할 추억도 엷은데
왜 이름난 철교일까.

한 무리의 병사들이 포로로 잡혀 와서는
초록정글이 바로 감옥인 이곳에서
지독한 기아와 헐벗음을 견디며
죽을 둥 살 둥 세운 다리이기 때문이다.

누군가의 포로였던 내 인생.

신의 손에서 벗어났다고 자유이랴.
작고한 부모와 선생과 이웃들의
연緣줄에 매어 사는 나도 포로다.

열차에서 생판 낯선 바깥 난간의
사람들과 서로 하이파이브를 하고
인생은 이렇게 잠시잠간 만났다 헤어지는 거라도

이 콰이 강의 다리를 놓으며
전쟁이 없는 다른 세상이 있을 거라며
철길을 만들었을 거라 나는 믿는다.

다리가 없으면 전쟁이든 무슨 이유를 붙여
사람들은, 사람들은 다리를 놓고
(무엇보다 거기에 사람들이 사니까)
내 인생의 끝은 내일이면 끝이 아닌
또 하나의 콰이를 찾아 먼 길을 떠나리라.

야간비행
―팔라우에서

1.
모든 살아있는 것들은
자기 나름의 하늘을 가지고 있다.
태어나 살다 자기도 모르는 세계로 가면
하늘천국이 된다.

수심 2천 미터나 되는
팔라우 바다에서 나는 스쿠버다이빙을 하며
어젯밤 야간비행에서 본
하늘나라와 이 물속도 다르지 않다고 여긴다.

어린이가 내 손을 잡아 이끌듯이
처음 미지의 세계로 유영하는 우주비행사처럼
하늘은 디딜 땅이 필요 없는 별의 2층집이다.

내가 체험하지 못한 낯선 풍경이 천국이듯이
낱낱이 보석 같은 팔라우물고기들도 물 밖
지상은 살아서는 갈 수 없는 다 미지의 별이다.

우리가 대기권 밖 세계로의 일탈을 꿈꾸듯이

물고기들의 유토피아는 물 밖 세상일 것이다.

가난하고 추운 젊은 날
들꽃처럼 돋아난 사랑 하나를 키우기 위해
가슴에 얼마나 별의 집들을 가지길 소망했던가.
그 별의 집이 비록 작은 방 한 간의 암자일지라도
나만의 보금자리로 살기로 꿈꾸었던가.

살아 숨 쉬는 것들은 모두 나름의 꿈을 가진다.
죽은 별들이 내는 빛의 기적을 보듯
밤마다 은하수 저 너머에 뭐가 있을까 꿈을 꾼다.

어린왕자였던 옛날 옛적의 꿈,
오늘도 별을 이루기 위해 야간비행을 하며
하늘나라에서 스쿠버다이빙을 한다.

2.
캄캄 하늘에 새처럼 두 다리를 접고
밤마다 항로를 더듬는 나는 야간비행사다.
어제는 팔라우 물속에서

아내와 같이 자맥질하며 즐겼다.

길의 끝에 열매처럼 매달려 반짝이는
은하수 별무리 같은 도시의 집들
내려다보이는 지상의 불빛은 별들 같으다.

나이를 먹어서 그런가.
어디든 내가 살며 느끼는 것이 다 천국이다.
외로운 것은 외로운 불빛끼리
정다운 것들은 정다운 눈빛끼리 섬처럼 모여 산다.

우리가 내 별이라 하나씩 정해두고 꿈을 말하고
사랑하는 사람에게 차마 내비치지 못했던
사랑을 속삭이듯이 집도 하늘에서 보면
지상의 별자리로 내려와 앉은 발광체다.

별은 우리의 과거만의 빛이 아니다.
참 한도 많고 사연도 많은 삶을 산 뒤 어느 해질녘
지상의 불빛에서 하늘의 별자리로 가야 할 목표다.

우리가 어른이 되면서 자주 볼 수 없었던 별들
저 별빛은 내 과거 속 사진첩 같은 그리움들이다.
야간비행을 하면서 지상의 별들을 본다.
망각 속의 별들 다시 새록새록 돋는 불빛이다.
지금 아득하여 더 그리운 것이 되어 빛난다.
어린왕자의 손에 쥔 별 요술막대기가 된다.

 3.
한때 내가 한 사랑에
동네 개 취급당한 적이 있다.
그러면서도 그녀를 잊지 못했다.

그녀와 있는 지구가 싫었다.
어디든 한 번 떠나면 돌아오지 않을
별나라로 가고 싶었다.

스스로 내 생애에 가장 슬프면서도
행복한 이별을 맞으려고
야간비행기에 탑승했다.

떠나고 싶은 나와
떠나고 싶지 않은 내가 있었다.
돌아오고 싶은 나와
머물고 싶은 내가 탔다.

내리고 싶어 서성이는 나와
어쩔 수 없이 지정된 좌석에 앉아
가야만 하는 야간비행이었다.

혼자인 줄 알았는데 혼자가 아닌
옆의 나와 나와 같은 나와 나와 비슷한 나와
나와 같은 방향의 나의 나로 만원이었다.
인간은 모두 나와 비슷한 꿈들로 비상한다.

결국 야간비행의 나는 누구인가.
동네 개처럼 떠나지 못하는
늘 그리워 그녀 집 둘레를 돌고 돌던
도로아미타불의 탑돌이인가.

어린왕자와 같이 가는 야간비행은

우리가 어렸을 때 잠시 꿔보는
꿈속에나 있는 것인가.

4.
야간비행을 하면서
우주의 미아처럼 소리 소문 없이
계집으로부터 사라지고 싶다는
마음을 먹은 적이 있다.
하늘바다 팔라우로 잠적하였다.

그대는 어이하여 나를 늘
집밖을 배회하는 개 취급 했느냐.
개 취급당했으면 실컷 짖어나 보지.

가정을 꾸리고 나니
행복한 줄 알았는데 나도 모르게
짖지 못하는 개가 되어 있었다.

하늘나라 팔라우로 가고 싶었다.
아무리 발광해도 이승에서는

이 한 생애가 종쳐야 마감하는
가시방석이었다.

세상의 모든 사랑은 장미가시여서
찔리면 아프고 후회만 남으니
팔자려니 피를 흘리며 살라 했다.
가정이라는 십자가의 예수가 되려고 했다.

하늘바다 팔라우에서 천국으로 가는
스카이다이빙을 하고 싶었다.
야간비행의 기착지는 결국은 귀착지.
팔라우는 짜디짠 펠로우fellow였다.

모든 야간비행은
떠나도 되돌아오는 죽는 연습과 같은
그대가 있는 지상이었다.

한 여자를 만나 가정을 이루고 사니
어른이 되어서 어린왕자의 흉내를 내는 꿈도
자연히 사라졌다.

5.
어린왕자가 되자.
어른이 되어서는 꿈들도
자기 욕심이 아닌 것은 가질 수 없다.

지구를 벗어나고 싶다는 것은
다시 옛날로 돌아가 어린이가 되어
무지개를 가지고 싶다는 것이다.

꿈을 꿀 수 있는 밤이 되어
별이 돋아나면
누구나 하늘나라에 가고 싶고
야간비행을 하고 싶어진다.

어린왕자가 되는 꿈을 가지고 싶다면
야간비행을 하며 한 번쯤은
아프리카의 킬리만자로보다
더 고도를 높여 떠보고

케이프타운 희망봉 끝자락에서는

보이지 않는 동과 서로 갈리는
바다 물길에 어디로 갈지 점도 쳐보자.

어른이 되어서 가질 수 없던 꿈
어른이면서 어린이가 되는 야간비행을 하면서
내 별들을 하나씩 둘씩 밤하늘에 수놓자.

6.
모든 별들은 대기권 밖에서 산다.
가질 수 없다.
가질 수 없기에 갖고 싶은 꿈을 꾼다.
어린왕자가 된다.
사람들은 세상의 모든 것을 다 갖고 싶은
어린왕자였을 때가 행복했었다.
누가 태워주지 않아도 스스로
비행기를 타고 날고
누군가가 갈 수 없는 별나라를 말하지 않아도
별나라로 가는 꿈꾸며 하늘운동장을 뛰었다.
그 별에서 나 아닌 나를 만나고 싶었다.
꿈을 가질수록 좋다는 것을 보여주고 싶었다.

만유인력을 보여주고 싶었다.
어느 날엔가 모든 별들이
가까운 이웃임을 증명하고 싶었다.
내 사랑하는 어머니가 가신 영원한 나라기 때문에
세상이 무너져도 그 꿈을 버릴 수가 없었다.
어머니, 지금도 별나라에서 잘 계시겠지요.
모든 별들은 대기권 밖이어서 그립다.
그 그리운 것들을 어른이 되어서
어른이 된 것만으로도 다 잊어버렸다.
늘 보기만 하고 갈 수 없는 별들이다.
오늘밤도 나는 별들이 괴롭도록 그리워서
미아가 된 어린왕자를 찾아 야간비행을 한다.
어른들은 왜 자기 분신인 어린왕자를 찾을
꿈조차 꾸지 않으며 밤하늘을 볼까.

7.
젊어서는 야간비행을 하면서
어린왕자를 만나는 꿈도 없이 살았다.
인생은 꿈꾸며 꿈에 젖어 사는 것인데
돌이켜보면 슬퍼라.

내 찾던 어린왕자는 어디 갔는가.

어린왕자란 무엇인가.
나 자신이 되고자 하는 간절한
희망이거나 밤하늘의 등불인 줄 알았는데

내 항로의 목표는 그 왕자를 찾아
어딘지 모를 곳으로 떠나고
오늘도 무사히 안착하는 것이었는데

어린왕자가 사라진 내 항로는
늘 떠나도 어디로 떠나는 줄도 모르고
왜 떠나야 하는지도 모르는 길이었다.

그 어린왕자가 아내가 죽은 뒤에
어릴 때 보던 밤하늘의 별이 되어 나타났다.
굳이 야간비행을 하지 않아도 볼 수 있는
십자성 같은 것이었다.

내가 별을 좇는다는 것은

꿈에라도 보고 싶던 아내를 만나는 것이다.
만나서는 살아서 못 다한 얘기들
그 중에서 사랑한다는 사랑했다는
아직도 죽어서도 사랑하고 있다는
판소리 사설을 완판본처럼 풀어놓는 것이었다.

오호 슬퍼라. 그 사랑은
어느새 향기가 되어 증발하고
어린왕자는 심인광고를 내도 깜깜 무소식이고
쳐다보는 별에서는 라벤다 향기만이 아련하다.

별을 흔들어 아내의 향기라도 맡듯
라벤다 향기가 풍기는 밤이다.

8.
빨리 모든 것을 훌훌 털고 싶은 사람들은
새처럼 나는 야간비행에 몸을 맡겨 떠나고
잊고 싶은 것들을 소여물 씹듯이
되새김질 하는 사람들은 쓸쓸히 밤기차에 올라
망각의 차창에 기대어 어디론가 간다.

토막 난 추억 같은 간이역을 지나며 사라진다.

누구에게나 공항의 이별은 있다.
한때는 안개가 자욱한 공항에서
함프리보가드처럼, 함프리보가드처럼 말이지

가슴에서 하늘이 불타서 녹아내리는 내색도 없이
사랑하는 사람을 영영 잊지 못할 듯이
영영 보내야 하는 이별을, 사람이라면
어떻게 저렇게 떠날 수 있을까 숨죽이며 보았던
나에게도 마지막 카사블랑카는 있다.

사랑이 아프더라도 별리를 알면서도
사랑하고 헤어지는 것은
바로 이런 아픔을 겪고 싶어서다.
어린왕자여, 그대의 나이는 몇 살인가.

어린왕자가 없으면
어린왕자가 없는 세상이라면
지푸라기라도 붙잡고 싶은

심연 속 절망을 어이 견딜 수 있었겠는가.

나는 일생을 사랑하고 헤어지는 일로써
살다 죽은 사람을 만난 적이 있었다.
장례식장에는 그가 사랑했다고 손가락 꼽던
어떤 여자의 그림자도 없이 외톨이로 떠났다.
그렇다. 지상의 일들은 다 깨끗이 털고 떠났다.

야간비행을 하면서 내가 떠나는 것은
바로 살았던 냄새마저도 지우고 싶은 연습이었다.
오늘 떠나는 밤하늘이 무척 쾌청하다.

9.
야간비행 하는 사이에 나는 잠이 오면
눈을 감고 다른 세상으로 갔으나
그 시간에도 어린왕자는 늘 잠이 없는지
꿈에서도 등장했다.

어린왕자가 없는 내 인생이란 없는 것일까,
어린왕자의 꿈이 내 꿈이 되고

꿈에 나타난 내 모습이 어린왕자라면
나는 그것으로서 행복한 것인가.

한때 무엇을 이루고자 하는 자신이 부질없었다.
그 한때라는 것이 난생 처음 한 여자를 사랑하고
그 여자에게서 외면을 당한 것이었다.
사랑이 참으로 무섭다. 4,5월의 양강지풍처럼
걷잡을 수 없게 산야를 초토화시키는 산불과도 같다.

하늘의 별을 봐도 어린왕자는 찾아오지 않았다.
아니 어린왕자를 찾을 꿈도 꾸지 않았다.
수몰 지구에 갇힌 듯 세상은 눈물바다였다.
둑을 쌓아도 소용없는 넘쳐나는 눈물천지였다.

그리고 그 눈물이 울어도, 울어도
소용없다는 것을 알았을 때
눈물은 약방의 감초마냥
아주 귀하게 흘리는 것이 참눈물임을 알았을 때
희한하게도 찾지 않아도 어린왕자가 나타났다.

거짓말처럼 다가와서는 별사탕 요술봉을
내 꿈대로 흔들어 주었다.
어린왕자는 내 쓰린 인생의 약과였다.
밤마다 회의하고 고민했던 내 청춘은 그러면서 지나갔다.

이제 살만큼 살다보면이라 할 수 있는
나이가 되니 나름 지혜가 생겨서
어린왕자가 있으나 없으나 모든 것은
마음먹기에 달려 있음을 알게 되었다.
하지만 어린왕자는 버릴 수 없었다.

내 나이 여든이다. 꿈같은 시절,
밤하늘에 날아가는 비행기도 잡힐 듯해서
손으로 잡는 시늉을 내던 시절도 가버리고 말았다.

10.
모르고 사는 삶이어서 살만한 삶이었다.
살아야 될 세월이 누구나 아는 방향의 길이라면
얼마나 무미건조할까.

이런 세상이 오리라고는
꿈에라도 생각 못했던 세월이었다.
아, 살아보니 이제야 겨우 모든 게 보인다.

나는 지난날 한 여자를 사랑을 하면서도
왜 사랑했는지 그 까닭도 모르고 사랑하는 마음이
어떻게 생기는지도 몰랐다. 그 몰랐던 것이 보인다.

사랑은 형체가 없으면서도
내 시를 쓰는 상상력으로는 가늠이 안 되는
아픔과 매력이 있었다.

나는 하늘에 큰 블랙홀이 있듯이
사람에게는 사람마다
자신의 블랙홀을 하나씩 가지고 있다고 여겼다.

중독되듯이 한 번 빠지면 헤어나지 못하는
마약과 같은 유혹이었다. 사랑은
깊이를 알 수 없는 심연 같은 블랙홀에
스스로 투신하는 황홀한 비극이었다.

외골수로만 함몰하는 소용돌이인
사랑의 블랙홀에 흡입되려고만 했던
내 지나온 세월의 잔재들이여.
슬픈 날이 더 많은 야간비행이었다.

그렇더라도 아마 야간비행의 내 항로의 기류는
죽는 날까지 꽃피어 울다 웃는 봄바람일 것이다.
어린왕자를 불러 함께 탑승하고 어린왕자가 못 먹어본
인생의 진정한 쓴맛이라는 기내식을 먹어야겠다.

11.
참 많이 멀리도 떠다녔다.
지구라는 땅덩어리에 태어나
생명이 있는 한 한 번쯤은 발을 디뎌보자고
아메리카로 아프리카로 시베리아로
장돌뱅이처럼 다니고 다녔다.

그 비행은 내 한 목숨을 내놓고 다니는 길이었다.
고도 몇만 피트 상공에서
아찔하다는 현기증도 없이 나는 비행이여.

내가 한 모든 비행은
항해사를 믿고 타는 것이었다.
내 목숨이 귀중하듯이
항해사의 목숨도 귀할 것이다.

그가 목숨을 걸고 하는 비행이니까
믿지 못할 이유가 없었다.
더불어 사는 세상이다. 서로가 서로를 믿고
의지하고 사는 세상임을 나는 배웠다.

나에게서 어린왕자는 마스코트 같은 존재였다.
그와 같이 한다는 생각만으로 든든했다.
어디를 가든지 쓸쓸하지 않았다.

한 번 떠났다 집에 돌아오고 또 얼마 지나면
귀신 들리듯 다시 여행 가방을 챙기는
중독과도 같은 야간비행이여.
그렇게 쏘다님도 다 손오공의 손바닥이었다.

손오공의 왼손인지 오른손인지 모르고 다녔다.

어린왕자여, 아무려면 어떠냐.
어차피 내 목숨도 한계가 있듯이
내 다닌 세계도 시시콜콜 다 볼 수는 없지 않은가.

간혹 사람들이 누구와 같이 갔느냐고 물으면
어린왕자와 함께한 여행이라고 답했다.
그러면 내 나이 여든에 어린 여자와 같이 한 줄로 알고
모두들 착각하며 부러워했다. 그래서 야간비행의
내 여행에는 어린왕자여 그대가 있어야겠다.

어린왕자와 같이 하는 비밀스런 여행이라는
라벨을 하나 달아야겠다.

여적
세계여행시를 마무리하면서

　내가 외국 땅이라고 처음 밟아본 것은 1982년이었다. 제1차 현대 시인회의라는 이름의 행사가 대만에서 처음 열렸는데 그 일행으로 참석하였다. 이 행사는 이름은 현대시인회의라고 했지만 실은 아시아 3개국 시인들의 모임이었고 일본은 '지구'라는 시동인이 주로 참석하고 대만은 삿갓(笠) 동인이 주멤버인 반면 우리 쪽에서는 김광림 시인을 단장으로 알음알음 10여 명이 참석한 걸로 기억된다. 40여 년도 안된 세월이지만 그때는 아무리 가까운 나라라 하더라도 외국에 나가는 사람들이 극히 드물었고 또 나가려면 정부 기관에서 교육도 받고 신원조회도 거쳐야 하는 등 상당히 번거롭던 시절이었다. 그 후 모언론사에서 광고를 자주하는 거래소 직원들을 보내주는 일본여행과 84년의 정부 문인해외시찰일원으로 유럽 ,인도, 요르단 등지를 돌아보기도 하였다. 또 89년에 대만 정치대학 교환교수로 1년간 체류한 적도 있다. 이때 우리나라는 중국과의 미수교국이었다. 대만의 우리 대사관에서 학술연구차라는 명목으로 비자를 받고 여행시 신신당부하는 주의사항도 듣고 대만의 探親 여행객의 틈에 끼어 다녀온 적이 있다. 내가 이름하여 세계여행시를 쓰게 된 것은 언제부터인가. 시집에 실린 여행시들을 찾아보니 1995년의 『어머니의 물감상자』에 실린 시편부터다. 여기에 중국 일원을 둘러본 여행시가 있는데 그 시 발점이라 하겠다. 그러나 세계여행시를 써야 되겠다고 다짐을 한 것은 훨씬 오래전이었다. 그 까닭은 이렇다. 내가 등단하여 시인으로

활동을 할 무렵 간혹 외국에 다녀온 시인들의 시가 더러 보였는데 다수의 시들이 천편일률적으로 외국의 풍물이나 읊고 그것도 다녀보니까 어디어디가 좋았다는 상투적인 자랑일색이었다. 솔직히 이런 유는 외국의 풍물을 제대로 읽은 것이 아니라 겉핥기식이라는 불만이 쌓였고 되도록 다양한 색깔의 모습이나 일상을 담은 작품들을 만들고 또 가능하면 시집도 한 권 갖고 싶은 욕심도 들었다. 그러나 세계 여행시라는 주제로 한 권의 시집을 엮는다는 것은 많은 시간을 요하는 것으로 생각처럼 그리 쉬운 일은 아니었다. 그동안 틈날 때마다 부지런히 내가 태어나 한세상을 살았던 이 지구를 많이 다녀보고 많은 사람들의 사는 모습을 구경하다 죽자 했지만 그 또한 어림없는 욕심이란 걸 알았다. 지금의 내 나이, 체력으로는 도저히 겁나서 다닐 수 없는 것이 너무나 많았다. 이쯤에서 나는 세계여행시집을 냄과 동시에 여행에의 참을 수 없는 유혹도 접으려 한다는 실토를 털어놓는다. 그 동안 둘러본 여러 나라와 도시들에 대해 쓴 시들을 가능한 한 자료로써 여기 모아 보았으나 미처 다 모으지 못한 것들도 더러 있다. 어디에 있는지 기억나지 않아서다. 또 다녀왔다고 다 시로 남긴 것도 아니다. 이 점도 읽으시는 분들은 충분히 이해하시리라 믿는다. 아래에 밝힌 작품 목록이 시집 『백야』에 실린 작품과 같거나 더러 비슷한 것들도 있으나 쓴 당시의 분위기가 차이가 나서 수록하였음을 밝힌다.

시집 『어머니의 물감상자』(1995년) 수록작품

대륙에서/들어가며/오줌을 누며/리강선유/돈황에서/다시 돈황에서/황하강변에 앉다/태산에서 무자비가 되다/위해시 여름광장/곡부에는 매미가 많다/만리장성에서 조선족임을 깨닫다

시집 『바보산수』(1999년)

사할린의 여름/사해에서/인도 소나기/창녀의 저금통/고추장엽전

시집 『바보산수 가을 봄』(2004년)

연변 춘일/노인일기 · 9-부에나비스타소셜클럽/노인일기 · 15-돈황/노인일기 · 16-명사산/노인일기 · 17-앙코르와트/남반구의 겨울/오마라마산의 잡초/밀포드사운드 풍경/보라카이 소곡/모스크바의 비/터어키 풍경/2003 서울바그다드

시집 『별』(2008년)

터키 기행/유적지에서/아우슈비츠 풍경/오줌/이과수폭포 앞에서

시집 『종이학』(2010년)

불륜시편 · 3/바이칼 시편(이 작품은 완성본이 아닌 처음 발표된 것)

시집『마추픽추』(2014년)
미지의 도시 '마추픽추'를 장시로 엮은 시집.

시집『사행시초2』(2015년)
장미

시집『꽁치』(2016년)
나폴리피자/양꼬치구이/양두구육/코끼리, 기린, 악어

시집『하늘 사람ᄉ 땅』(2017년)
드브로브닉스/로즈마리/발칸·1/발칸·2/북해도/북보르네오열
차/사이판/사할린/십자기언덕/여권/오기나와의 야생화/수녀원/와이
키키/인연/투롤룽가의 혀

시집『가을인생』(2018년)
메콩강의 개구리/라오스/백야/미케비치 해변/베트남 모기/보도
부르드 부처/보도부르드 석탑/블라디보스토크의 겨울여자/야생화

세계여행시 시집 제목을 '백야'로 하였다. 원래 이 제목으로는 세
계 각국의 '백야'가 있는 나라들에 대한 시로써 한 권의 시집을 엮으

려 하였으나 내 나이가 어느덧 80이다. '백야'가 뜬 나라의 이름난 도시를 일일이 여행한다는 것 자체마저도 욕심이다. 예를 들면 캐나다의 옐로우나이프 같은 데를 말이다. 그리하여 아마 '백야'에 대한 세계초유의 시집이 될 강우식의 '백야'는 맛만 보이고 여기서 접는다. 어느 때인가 후인이 있어 '백야'에 대한 좋은 시를 써서 시집으로 내었으면 한다. 나의 '백야'에는 우리 민족이 백의민족이고 흰색(밝음, 광명)을 사랑하는 민족의 시원까지 거슬러 오르는 시적 오로라 같은 상상력도 작품에 들어 있었으나 그것마저 접어야 하는 내 능력과 한계가 그저 아쉽고 아쉬울 뿐이다. 여행은 다니던 직장도 정년하고 시간이 넉넉할 때 여유를 가지고 다녀야 한다고 미룬 것이 내 잘못임을 실감하는 근일이다. 이제 나름으로는 남들이 못 밟은 시의 땅을 개간하는 작업도 여기까지가 그 한계가 아닌가 싶다. 그토록 쓰고 싶고 벗고 싶었던 시의 멍에도 이쯤에서 벗어야 되는 아픔이 가슴을 찌른다. 80수 기념 시집이라고 펴내지만 내 나이가 밝지도 않고 아주 어둡지도 않은 '백야'의 세계에서 헤매고 있는 일상이어서 크게 기념할 것도 없는 오늘 하루고 내일일 뿐이다. 누군가는 여행은 다니면서 세상을 배우는 것이라고 했다. 그 여행이란 무엇인가를 찾아 헤매는 것이었고 이제 결국 한 편의 시, 한 권의 시집으로 남았다.

여적 뒷글 토막

이 시집의 마지막 편으로 「콰이 강의 다리」를 넣는다. 내 여행의
마지막이기도 한 시다. 태국의 도시 부리람 근교의 파놈능 유적지와
칸차부리나의 콰이 강을 본 뒤의 여행시다. 떠나는 날까지 가까운 친
구들은 세계적인 코로나바이러스에 감염될까봐 극구말리는 편이었
다. 그 걱정에도 불구하고 나는 떠났다. 내 나이가 여든이니 크게 생
사에 미련 둘 것이 없다는 초탈감이 들어서였다. 이번 여행뿐만 아
니라 돌아보면 격정적인 삶이었다. 일생 술에 젖어 비틀거렸던 삶
도 그러하고 사랑을 했던 것도 그러했다. 힘만 있으면 세계의 구석을
더 돌아보고 싶다. 남극, 북극은 못가보지만 아이슬란드 정도는 아
직도 더 가볼 수 있지 않을까 미련을 가져 본다. 이것이 나다. 기질이
다. 아주 어릴 때 본 영화여서 이름도 잊고 있지만 한 음악가가 작곡
을 위해서 휘몰아치는 눈보라 속을 방황하는 모습이 웬일인지 은연
중 내 시적 태도라는 믿음을 갖고 있었는데 그것이 일생을 좌우하지
않았는가 싶다. 아, 좀 감상적으로 정말 가능하다면 내가 만난 세계
여자들에 대한 시집도 한 권 내고 싶다. 이번 여행에서 만난 태국여
자에 대한 느낌 정도의 시를 쓰고 싶다. 콰이 강을 가는 협궤열차에
서 한 여자가 일어서자 그 자리에 작은 개미가 쏟아졌는데 (실은 그 여
자가 가지고 가는 작은 과일 바구니에 모여 있던 개미지만) 아무튼 '망고 같은

146

여자의 가랑이에서 벌레들이 쏟아졌다' 라는 정도의 시를 만들고 싶다. 무슨 일이든 시간 핑계를 대지 말라는 얘기도 있지만 좀 더 나에게 시간이 있으면, 시간과 지탱할 수 있는 힘이 있었으면…. 여행의 큰 물줄기의 흐름이 점점 말라 끊기고 있다.